LETTRES

D'UNE

PERUVIENNE.

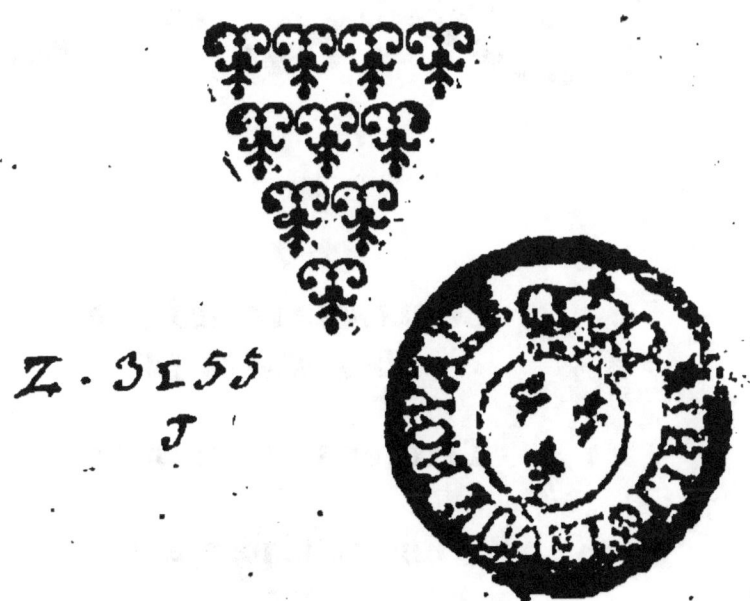

A PEINE!

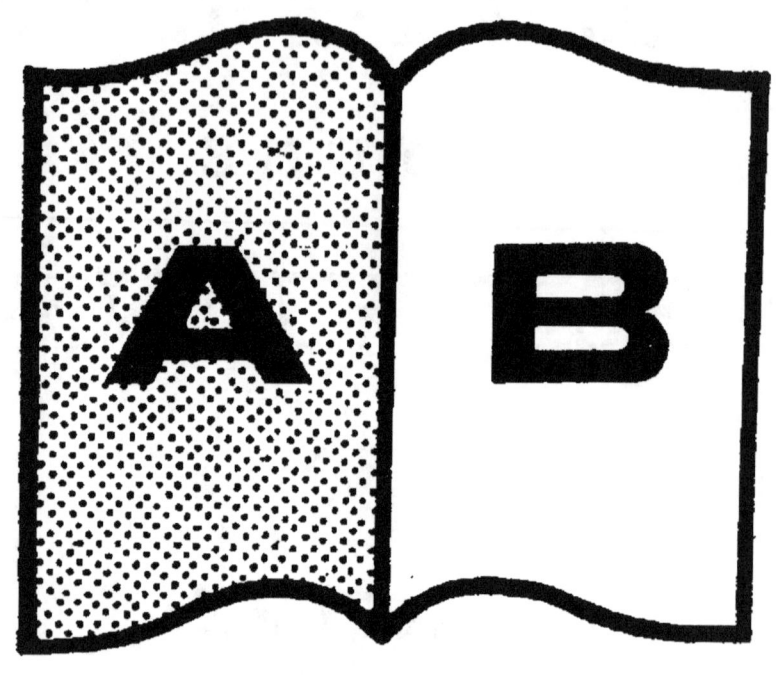

Contraste insuffisant
NF Z 43-120-14

Texte en surimpression

Illisibilité partielle

AVERTISSEMENT.

SI la vérité, qui s'écarte du vraisemblable, perd ordinairement son crédit aux yeux de la raison, ce n'est pas sans retour ; mais pour peu qu'elle contrarie le préjugé, rarement elle trouve grace devant son Tribunal.

Que ne doit donc pas craindre l'Editeur de cet Ouvrage, en présentant au Public les - Lettres d'une

a jeune

jeune Peruvienne, dont le ſtile & les penſées ont ſi peu de rapport à l'idée médiocrement avantageuſe qu'un injuſte préjugé nous a fait prendre de ſa nation.

Enrichis par les précieuſes dépouilles du Perou, nous devrions au moins regarder les habitans de cette partie du monde, comme un peuple magnifique ; & le ſentiment de reſpect ne s'éloigne guères de l'idée & de la magnificence.

Mais toujours prévenus en notre faveur, nous n'accordons

cordons du mérite aux au-
tres nations, non feulement
qu'autant que leurs mœurs
imitent les nôtres, mais
qu'autant que leur langue fe
rapproche de notre idiome.
Comment peut-on être Perfan.

Nous méprifons les In-
diens ; à peine accordons-
nous une ame penfante à
ces peuples malheureux ;
cependant leur hiftoire eft
entre les mains de tout le
monde ; nous y trouvons
par tout des monumens de
la fagacité de leur efprit,

& de la ſolidité de leur phi-
loſophie.

L'apologiſte de l'huma-
nité & de la belle nature a
tracé le crayon des mœurs
Indiennes dans un Poëme
dramatique , dont le ſujet
a partagé la gloire de l'éxécution.

Avec tant de lumieres
répandues ſur le caractere
de ces peuples , il ſemble
que l'on ne devroit pas
craindre de voir paſſer pour
une fiction des Lettres ori-
ginales , qui ne font que
développer

déveloper ce que nous con-
noiſſons déja de l'eſprit vif
& naturel des Indiens ; mais
le préjugé a-t-il des yeux ?
Rien ne raſſure contre ſon
jugement , & l'on ſe ſeroit
bien gardé d'y ſoumettre
cet Ouvrage , ſi ſon Empire
étoit ſans borne.

Il ſemble inutile d'aver-
tir que les premieres Lettres
de Zilia ont été traduites
par elle-même : on devinera
aiſément , qu'étant compo-
ſées dans une Langue , &
tracées d'une maniere qui
nous ſont également in-
connues ,

connues , le recueil n'en feroit pas parvenu jufqu'à nous , fi la même main ne les eût écrites dans notre Langue.

Nous devons cette traduction au loifir de Zilia dans fa retraite. La complaifance qu'elle a eu de les communiquer au Chevalier Déterville, & la permiffion qu'il obtint enfin de les garder, les a fait paffer jufqu'à nous.

On connoîtra facilement aux fautes de Grammaire & aux négligences du ftile , combien

combien on a été fcrupu-
leux de ne rien dérober à
l'efprit d'ingénuité qui re-
gne dans cet Ouvrage.
On s'eft contenté de fuppri-
mer (fur tout dans les premieres Lettres) un grand
nombre de termes & de
comparaifons Orientales ,
qui étoient échappées à Zilia, quoi qu'elle fçût parfaitement la Langue Fran-
çoife lorfqu'elle les tradui-
foit ; on n'en a laiffé que ce
qu'il en falloit pour faire
fentir combien il étoit néceffaire d'en retrancher.

On

On a cru auffi pouvoir donner une tournure plus intelligible à de certains traits métaphifiques, qui auroient pû paroître obfcurs, mais fans rien changer au fond de la penfée. C'eft la feule part que l'on ait à ce fingulier Ouvrage.

LEFTRE

LETTRES
D'UNE
PERUVIENNE.

LETTRE PREMIÈRE.

AZA ! mon cher Aza ! les cris de ta tendre Zilia, tels qu'une vapeur du matin, s'exhalent & font dissipés avant d'arriver jusqu'à toi ; en vain je t'appelle à mon secours ; en vain j'attens que ton amour vienne briser les chaînes de mon esclavage :

A hélas !

hélas ! peut-être les malheurs que
j'ignore font - ils les plus affreux !
peut-être tes maux furpaffent-ils les
miens !

La ville du Soleil , livrée à la
fureur d'une Nation barbare , devroit faire couler mes larmes ;
mais ma douleur ; mes craintes ,
mon défefpoir , ne font que pour
toi.

Qu'as - tu fait dans ce tumulte
affreux , chere ame de ma vie ?
Ton courage t'a - t - il été funefte
ou inutile ? Cruelle alternative !
mortelle inquiétude ! ô , mon cher
Aza ! que tes jours foient fauvés ,
& que je fuccombe, s'il le faut ,
fous les maux qui m'accablent !

Depuis le moment terrible (qui
auroit

auroit dû être arraché de la chaîne,
du tems , & replongé dans les
idées éternelles) depuis le moment d'horreur où ces Sauvages
impies m'ont enlevée au culte du
Soleil, à moi même, à ton amour;
retenue dans une étroite captivité,
privée de toute communication,
ignorant la Langue de ces hommes féroces ; je n'éprouve que
les effets du malheur , fans pouvoir en découvrir la caufe. Plongée dans un abîme d'obfcurité,
mes jours font femblables aux nuits
les plus effrayantes.

Loin d'être touchés de mes
plaintes , mes ravifleurs né le
font pas même de mes larmes ;
fourds à mon langage, ils n'enten-
A 2   dent

dent pas mieux les cris de mon défespoir.

Quel eft le peuple affez féroce pour n'être point émû aux fignes de la douleur ? Quel defert aride a vû naître des humains infenfibles à la voix de la nature gémiffante ? Les Barbares ! Maîtres *Dyalpor* * fiers de la puiffance d'exterminer, la cruauté eft le feul guide de leurs actions. Aza ! comment échapperas-tu à leur fureur ? où es-tu ? que fais-tu ? fi ma vie t'eft chere, inftruis-moi de ta deftinée.

Hélas ! que la mienne eft changée ! comment fe peut-il, que des jours fi femblables entr'eux, ayent

par

* Nom du Tonnerre.

par rapport à nous de fi funeftes différences ? Le tems s'écoule ; les ténébres fuccédent à la lumiere ; aucun dérangement ne s'apperçoit dans la nature ; & moi , du fuprême bonheur , je fuis tombée dans l'horreur du défefpoir , fans qu'aucun intervalle m'ait préparée à cet affreux paffage.

Tu le fçais , ô délices de mon cœur ! ce jour horrible , ce jour à jamais épouvantable , devoit éclairer le triomphe de notre union. A peine commençoit-il à paroître , qu'impatiente d'exécuter un projet que ma tendreffe m'avoit infpiré pendant la nuit , je courus à mes Quipos * & profitant

* Un grand nombre de petits cor-

A 3   dons

tant d'u silence qui régnoit encore dans le Temple, je me hâtai de les nouer, dans l'espérance qu'avec leur secours je rendrois immortelle l'histoire de notre amour & de notre bonheur.

A mesure que je travaillois, l'entreprise me paroissoit moins difficile ; de moment en moment cet amas innombrable de cordons devenoit sous mes doigts une peinture

dons de différentes couleurs dont les Indiens se servoient au défaut de l'écriture pour faire le payement des Troupes & le dénombrement du Peuple. Quelques Auteurs prétendent qu'ils s'en servoient aussi pour transmettre à la postérité les Actions mémorables de leurs Incas.

ture fidelle de nos actions & de nos sentimens, comme il étoit autrefois l'interprête de nos pensées, pendant les longs intervalles que nous passions sans nous voir.

Toute entiere à mon occupation, j'oubliois le tems, lorsqu'un bruit confus réveilla mes esprits & fit tressaillir mon cœur.

Je crus que le moment heureux étoit arrivé, & que les cent portes * s'ouvroient pour laisser un libre passage au soleil de mes jours; je cachai précipitamment *mes Quipos* sous un pan de ma robbe, &

* Dans le Temple du Soleil il y avoit cent portes, l'Inca seul avoit le pouvoir de les faire ouvrir.

A 4

& je courus au-devant de tes pas.

Mais quel horrible spectacle s'offrit à mes yeux ! Jamais son souvenir affreux ne s'effacera de ma mémoire.

Les pavés du Temple ensanglantés ; l'image du Soleil foulée aux pieds ; nos Vierges éperduës, fuyant devant une troupe de soldats furieux qui massacroient tout ce qui s'opposoit à leur passage ; nos *Mamas* * expirantes sous leurs coups , dont les habits brûloient encore du feu de leur tonnerre ; les gémissemens de l'épouvante , les cris de la fureur répandant de toute

* Espéce de Gouvernantes des Vierges du Soleil.

toute part l'horreur & l'effroi ;
m'ôterent jufqu'au fentiment de
mon malheur.

Revenue à moï-même , je me
trouvai, (par un mouvement naturel & prefque involontaire)
rangée derriere l'autel que je tenois
embraffé. Là , je voyois paffer ces
barbares ; je n'ofois donner un libre cours à ma refpiration , je craignois qu'elle ne me coutât la vie.
Je remarquai cependant qu'ils ra-
lentiffoient les effets de leur cruauté à la vue des ornemens précieux
répandus dans le Temple ; qu'ils
fe faififfoient de ceux dont l'éclat
les frappoit davantage ; & qu'ils
arrachoient jufqu'aux lames d'or
dont les murs étoient revêtus. Je
jugeai

jugeai que le larcin étoit le motif de leur barbarie, & que pour éviter la mort, je n'avois qu'à me dérober à leurs regards. Je formai le deffein de fortir du Temple, de me faire conduire à ton Palais, de demander *au Capa Inca* * du fecours & un azile pour mes Compagnes & pour moi : mais aux premiers mouvemens que je fis pour m'éloigner, je me fentis arrêter : ô, mon cher Aza, j'en frémis encore ! ces impies oferent porter leurs mains facriléges fur la fille du Soleil.

Arrachée de la demeure facrée, traînée ignominieufement hors du Temple, j'ai vû pour la premiere fois

* Nom générique des Incas regnans.

fois le feüil de la porte Célefte
que je ne devois paffer qu'avec
les ornemens de la Royauté; *
au lieu de fleurs qui auroient été
femées fous mes pas, j'ai vû les
chemins couverts de fang & de
carnage; au lieu des honneurs du
Trône que je devois partager avec
toi, efclave fous les loix de la
tyrannie, enfermée dans une ob-
fcure prifon; la place que j'occupe dans l'univers eft bornée à l'é-
tendue de mon être. Une natte
baignée de mes pleurs reçoit mon
corps

* Les Vierges confacrées au Soleil,
entroient dans le Temple prefque en
naiffant, & n'en fortoient que le jour
de leur mariage.

corps fatigué par les tourmens de mon ame ; mais , cher foutien de ma vie , que tant de maux me feront legers , fi j'apprends que tu refpires !

Au milieu de cet horrible bouleverfement ; je ne fçais par quel heureux hazard j'ai confervé mes *Quipos.* Je les pofféde , mon cher Aza, c'eft le tréfor de mon cœur, puifqu'il fervira d'interprête à ton amour comme au mien ; les mêmes nœuds qui t'apprendront mon exiftence , en changeant de forme entre tes mains , m'inftruiront de mon fort. Hélas ! par quelle voie pourrai-je les faire paffer jufqu'à toi ? Par quelle adreffe pourront-ils m'être rendus ? Je l'ignore encore ;

encore ; mais le même sentiment qui nous fit inventer leur usage, nous suggerera les moyens de tromper nos tyrans. Quel que soit le *Chaqui** fidéle qui te portera ce précieux dépôt , je ne cesserai d'envier son bonheur. Il te verra, mon cher Aza ; je donnerois tous les jours que le Soleil me destine pour jouir un seul moment de ta présence.

* Messager.

LETTRE

LETTRE DEUXIÉME.

QUE l'arbre de la vertu, mon cher Aza, répande à jamais son ombre sur la famille du pieux Citoyen qui a reçu sous ma fenêtre le mystérieux tissu de mes pensées, & qui l'a remis dans tes mains ! Que *Pachammac* *. prolonge ses annnées, en récompense de son adresse à faire passer jusqu'à moi les plaisirs divins avec ta réponse.

Les trésors de l'Amour me sont ouverts ;

* Le Dieu créateur, plus puissant que le Soleil.

ouverts ; j'y puiſe une joie délicieuſe dont mon ame s'enyvre. En dénouant les ſecrets de ton cœur, le mien ſe baigne dans une Mer parfumée. Tu vis, & les chaînes qui devoient nous unir ne ſont pas rompues ! Tant de bonheur étoit l'objet de mes deſirs, & non celui de mes eſpérances.

Dans l'abandon de moi-même, je craignois pour tes jours ; le plaiſir étoit oublié, tu me rends tout ce que j'avois perdu. Je goûte à longs traits la douce ſatisfaction de te plaire, d'être louée de toi, d'être approuvée par ce que j'aime. Mais, cher Aza, en me livrant à tant de délices, je n'oublie pas que je te dois ce que je ſuis.

suis. Ainsi que la rose tire ses brillantes couleurs des rayons du Soleil, de même les charmes qui te plaisent dans mon esprit & dans mes sentimens, ne sont que les bienfaits de ton génie lumineux ; rien n'est à moi que ma tendresse.

Si tu étois un homme ordinaire, je serois restée dans le néant, où mon sexe est condamnée. Peu esclave de la coutume, tu m'en as fait franchir les barrieres pour m'élever jusqu'à toi. Tu n'as pû souffrir qu'un être semblable au tien, fût borné à l'humiliant avantage de donner la vie à ta postérité. Tu as voulu que nos divins *Amutas* * ornassent mon enten-

* Philosophes Indiens.

entendement de leurs sublimes connoissances. Mais , ô lumiere de ma vie , sans le desir de te plaire , aurois - je pû me resoudre d'abandonner ma tranquille ignorance , pour la pénible occupation de l'étude ? Sans le desir dé mériter ton estime, ta confiance , ton respect , par des vertus qui fortifient l'amour & que l'amour rend voluptueuses ; je ne serois que l'objet de tes yeux ; l'absence m'auroit déja effacée de ton souvenir.

Mais, hélas ! si tu m'aimes encore, pourquoi suis-je dans l'esclavage ? En jettant mes regards sur les murs de ma prison , ma joie disparoît , l'horreur me saisit , & mes

B craintes

craintes fe renouvellent. On ne t'a
point ravi la liberté, tu ne viens
pas à mon fecours; tu es inftruit
de mon fort, il n'eft pas changé.
Non, mon cher Aza, au milieu
de ces Peuples féroces, que tu
nommes Efpagnols, tu n'es pas
auffi libre que tu crois l'être. Je
vois autant de fignes d'efclavage
dans les honneurs qu'ils te rendent, que dans la captivité où ils
me retiennent.

Ta bonté te féduit, tu crois
fincéres; les promeffes que ces
barbares te font faire par leur interprête, parce que tes paroles font
inviolables; mais moi qui n'entends pas leur langage; moi qu'ils
ne trouvent pas digne d'être trompée,

pée, je vois leurs actions.

Tes Sujets les prennent pour des Dieux, ils se rangent de leur parti : ô mon cher Aza, malheur au peuple que la crainte détermine ! Sauve-toi de cette erreur, défie-toi de la fausse bonté de ces Etrangers. Abandonne ton Empire, puisque l'Inca *Viracocha* * en a prédit la destruction.

Achette ta vie & ta liberté au prix de ta puissance, de ta grandeur, de tes trésors; il ne te restera

* *Viracocha* étoit regardé comme un Dieu : il passoit pour constant parmi les Indiens, que cet Incas avoit prédit en mourant que les Espagnols détrôneroient un de ses descendans.

B 2

tera que les dons de la nature. Nos jours feront en sûreté.

Riches de la poffeffion de nos cœurs, grands par nos vertus, puiffans par notre modération; nous irons dans une cabane jouir du ciel, de la terre & de notre tendreffe.

Tu feras plus Roi en régnant fur mon ame, qu'en doutant de l'affection d'un peuple innombrable : ma foumiffion à tes volontés te fera jouir fans tyrannie du beau droit de commander. En t'obéiffant je ferai retentir ton Empire de mes chants d'allégreffe ; ton Diadême * fera toujours l'ouvrage de

mes

* Le Diadême des Incas, étoit une
efpéce

mes mains, tu ne perdras de ta
Royauté que les soins & les fatigues.

Combien de fois, cher ame de
ma vie, tu t'es plaint des devoirs
de ton rang ? Combien les cérémonies, dont tes visites étoient
accompagnées, t'ont fait envier
le sort de tes Sujets ? Tu n'aurois
voulu vivre que pour moi ; crain-
drois-tu à présent de perdre tant
de contraintes ? Ne serois-je plus
cette Zilia, que tu aurois préfé-
rée à ton Empire ? Non, je ne
puis le croire, mon cœur n'est
point changé, pourquoi le tien le
feroit-il ?   J'aime

espéce de frange. C'étoit l'ouvrage des
Vierges du Soleil.

J'aime, je vois toujours le même Aza qui régna dans mon ame
au premier moment de fa vûe ; je
me rappelle fans cefse ce jour fortuné, où ton Pere , mon fouve-
rain Seigneur, te fit partager , pour
la premiere fois, le pouvoir réfer-
vé à lui feul , d'entrer dans l'intérieur du Temple ; * je me repré-
fente le fpectacle agréable de nos
Vierges , qui , raffemblées dans
un même lieu , reçoivent un nouveau luftre de l'ordre admirable
qui régne entr'elles : tel on voit
dans un jardin l'arrangement des
plus belles fleurs ajouter encore
de l'éclat à leur beauté.   Tu

* L'Incas régnant avoit feul le droit
d'entrer dans le Temple du Soleil.

Tu parus au milieu de nous comme un Soleil Levant , dont la tendre lumiere prépare la sérénité d'un beau jour : le feu de tes yeux répandoit sur nos joues le coloris de la modeftie , un embarras ingénu tenoit nos regards captifs ; une joie brillante éclatoit dans les tiens ; tu n'avois jamais rencontré tant de beautés enfemble. Nous n'avions jamais vû que le *Capa-Inca* : l'étonnement & le filence régnoient de toutes parts. Je ne fçais quelles étoient les penfées de mes Compagnes ; mais de quels fentimens mon cœur ne fut-il point affailli ! Pour la premiere fois j'éprouvai du trouble , de l'inquiétude , & cependant du plaifir.

plaisir. Confuse des agitations de mon ame, j'allois me dérober à ta vûe ; mais tu tournas tes pas vers moi, le respect me retint.

O, mon cher Aza , le souve-nir de ce premier moment de mon bonheur me sera toujours cher ! Le son de ta voix, ainsi que le chant mélodieux de nos Hymnes, porta dans mes veines le doux frémif-fement & le saint respect que nous inspire la présence de la Divinité.

Tremblante, interdite, la timi-dité m'avoit ravi jusqu'à l'usage de la voix ; enhardie enfin par la dou-ceur de tes paroles, j'ofai élever mes regards jusqu'à toi , je ren-contrai les tiens. Non, la mort même n'effacera pas de ma mé-moire

mémoire les tendres mouvemens
de nos ames qui fe rencontrerent ;
& fe confondirent dans un inftant.

Si nous pouvions douter de
notre origine, mon cher Aza, ce
trait de lumiere confondroit notre
incertitude. Quel autre, que lé
principe du feu, auroit pû nous
tranfmettre cette vive intelligence des cœurs, communiquée, répandue & fentie, avec une rapidité inexplicable ?

J'étois trop ignorante fur les
effets de l'amour pour ne pas m'y
tromper. L'imagination remplie
de la fublime Théologie de nos
Cucipatas, * je pris le feu qui
m'animoit

* Prêtres du Soleil.

C

m'animoit pour une agitation divine, je crus que le Soleil me manifestoit sa volonté par ton organe, qu'il me choisissoit pour son épouse d'élite : j'en soupirai, mais après ton départ, j'examinai mon cœur, & je n'y trouvai que ton image.

Quel changement, mon cher Aza, ta présence avoit fait sur moi ! tous les objets me parurent nouveaux ; je crus voir mes Compagnes pour la premiere fois Qu'elles me parurent belles ! je ne pus soutenir leur présence ; rétirée à l'écart, je me livrois au trouble de mon ame, lorsqu'une d'entr'elles, vint me tirer de ma rêverie, en me donnant de nou-

veaux

veaux fujets de m'y livrer. Elle m'apprit qu'étant ta plus proche parente, j'étois deftinée à être ton époufe, dès que mon âge permettroit cette union.

J'ignorois les loix de ton Empire, * mais depuis que je t'avois vû, mon cœur étoit trop éclairé pour ne pas faifir l'idée du bonheur d'être à toi. Cependant loin d'en connoître toute l'étendue ; accoutumée au nom facré d'époufe du Soleil, je bornois mon efpérance

* Les loix des Indiens obligeoient les Incas d'époufer leurs fœurs, & quand ils n'en auroient point, de prendre pour femme la premiere Princeffe du Sang des Incas, qui étoit Viérge du Soleil.

C 2

pérance à te voir tous les jours ;
à t'adorer , à t'offrir des vœux
comme à lui.

C'eſt toi , mon aimable Aza ;
c'eſt toi qui comblas mon ame de
délices en m'apprenant que l'au-
guſte rang de ton épouſe m'aſſo-
cieroit à ton cœur , à ton trône ,
à ta gloire , à tes vertus ; que je
jouirois ſans ceſſe de ces entretiens ſi rares & ſi courts au gré
de nos deſirs , de ces entretiens qui ornoient mon eſprit des
perfections de ton ame , & qui
ajoutoient à mon bonheur la délicieuſe eſpérance de faire un jour
le tien.

O , mon cher Aza ; combien
ton impatience contre mon extrê-

me

me jeuneffe , qui retardoit nòtre
union , étoit flatteufe pour mon
cœur ! Combien les deux années
qui fe font écoulées t'ont paru
longues , & cependant que leur
durée a été courte ! Hélas, le moment fortuné étoit arrivé ! quellè
fatalité l'a rendu fi funefte ? Quel
Dieu punit ainfi l'innocence & la
vertu ? ou quelle Puiffance infer-
nale nous a féparés de nous-mêmes ? L'horreur me faifit , mon
cœur fe déchire, mes larmes inon-
dent mon ouvrage. Aza ! mon
cher Aza !...

LETTRE

LETTRE TROISIÉME.

C'EST toi, chere lumiere de mes jours ; c'est toi qui me rappelles à la vie ; voudrois-je la conferver, fi je n'étois affurée que la mort auroit moiffonné d'un feul coup tes jours & les miens ! Je touchois au moment où l'étincelle du feu divin, dont le Soleil anime notre être, alloit s'éteindre : la nature laborieufe fe préparoit déja à donner une autre forme à la portion de matiere qui lui appartient en moi, je mourois ; tu perdois pour jamais la moitié de toi-même, lorfque mon amour m'a rendu la vie ;

&

& je t'en fais un facrifice. Mais
comment pourrai-je t'inftruire des
chofes furprenantes qui me font arrivées ? Comment me rappeller des
idées déja confufes au moment où
je les ai reçues, & que le tems qui
s'eft écoulé depuis , rend encore
moins intelligibles ?

  A peine, mon cher Aza, avois-
je confié à notre fidéle *Chaqui* le
dernier tiffu de mes penfées, que
j'entendis un grand mouvement
dans notre habitation : vers le milieu de la nuit deux de mes ra-
viffeurs vinrent m'enlever de ma
fombre retraite avec autant de
violence qu'ils en avoient em-
ployée à m'arracher du Temple du
Soleil.

Quoique la nuit fût fort obscure, on me fit faire un si long trajet, que succombant à la fatigue, on fut obligé de me porter dans une maison dont les approches, malgré l'obscurité, me parurent extrêmement difficiles.

Je fus placée dans un lieu plus étroit & plus incommode que n'étoit ma prison. Ah, mon cher Aza ! pourrois-je te persuader ce que je ne comprends pas moi-même, si tu n'étois assuré que le mensonge n'a jamais souillé les lévres d'un enfant du Soleil !

Cette maison, que j'ai jugé être

---

* Il passoit pour constant qu'un Peruvien n'a jamais menti.

être fort grande par la quantité de monde qu'elle contenoit ; cette maison comme fufpendue, & ne tenant point à la terre, étoit dans un balancement continuel.

Il faudroit, ô lumiere de mon efprit, que *Ticaiviracocha* eût comblé mon ame comme la tienne de fa divine fcience, pour pouvoir comprendre ce prodige. Toute la connoiffance que j'en ai, eft que cette demeure n'a pas été conftruite par un être ami des hommes : car quelques momens après que j'y fus entrée, fon mouvement continuel, joint à une odeur malfaifante, me cauferent un mal fi violent, que je fuis étonnée de n'y avoir pas fuccombé :

ce

ce n'étoit que le commencement de mes peines.

Un tems affez long s'étoit écoulé , je ne fouffrois prefque plus ; lorfqu'un matin je fus arrachée au fommeil par un bruit plus affreux que celui d'*Yalpa* : notre habitation en recevoit des éblanlemens tels que la terre en éprouvera, lorfque la Lune en tombant, réduira l'univers en pouffiere. * Des cris , des voix humaines qui fe joignirent à ce fracas, le rendirent encore plus épouvantable ; mes fens faifis d'une horreur fecrette , ne portoient

* Les Indiens croyoient que la fin du monde arriveroit par la Lune qui fe laifferoit tomber fur la terre.

portoient à mon ame , que l'idée
de la deftruction , (non-feulement
de moi-même) mais de la nature
entiere. Je croyois le péril uni-
verfel ; je tremblois pour tes jours :
ma frayeur s'accrut enfin jufqu'au
dernier excès , à la vûe d'une troupe d'hommes en fureur , le vifage
& les habits enfanglantés , qui fe
jetterent en tumulte dans ma chambre. Je ne foutins pas cet horrible fpectacle , la force & la connoiffance m'abandonnerent : j'ignore encore la fuite de ce terrible
événement. Mais revenue à moi-
même , je me trouvai dans un lit
affez propre , entourée de plufieurs
Sauvages , qui n'étoient plus les
cruels Efpagnols.

Peux-tu

Peux - tu te repréfenter ma furprife , en me trouvant dans une
demeure nouvelle , parmi des hommes nouveaux ſans pouvoir comprendre comment ce changement
avoit pû ſe faire ? Je refermai
promptement les yeux, afin que plus
recueillie en moi-même , je puſſe
m'aſſurer ſi je vivois , ou ſi mon
ame n'avoit point abandonné mon
corps pour paſſer dans les régions
inconnues. *

Te l'avouerai-je , chere Idole de
mon

* Les Indiens croyoient qu'après la
mort , l'ame alloit dans des lieux inconnus pour y être récompenſée ou
punie ſelon ſon mérite.

mon cœur ; fatiguée d'une vie odieuse , rebutée de souffrir des tourmens de toute espéce ; accablée sous le poids de mon horrible deſtinée , je regardai avec indifférence la fin de ma vie que je ſentois approcher : je refuſai conſtamment tous les ſecours que l'on m'offroit ; en peu de jours je touchai au terme fatal , & j'y touchai ſans regret.

L'épuiſement des forces anéantit le ſentiment ; déja mon imagination affoiblie ne recevoit plus d'images que comme un léger deſſein tracé par une main tremblante; déja les objets qui m'avoient le plus affectée n'excitoient en moi que cette ſenſation vague , que

noüs

nous éprouvons en nous laissant aller à une rêverie indéterminée ; je n'étois presque plus. Cet état, mon cher Aza , n'est pas si fâcheux que l'on croit. De loin il nous effraye , parce que nous y pensons de toutes nos forces ; quand il est arrivé , affoibli par les gradations de douleurs qui nous y conduisent , le moment décisif ne paroît que celui du repos. Un penchant naturel qui nous porte dans l'avenir , même dans celui qui ne sera plus pour nous , ranima mon esprit , & le transporta jusques dans l'intérieur de ton Palais. Je crus y arriver au moment où tu venois d'apprendre la nouvelle de ma mort ; je me représentai

présentai ton image pâle, défigu-
rée, privée de sentimens, telle
qu'un lys desséché par la brûlante
ardeur du Midi. Le plus tendre
amour est-il donc quelquefois barbare ? Je jouissois de ta douleur ,
je l'excitois par de tristes adieux ;
je trouvois de la douceur , peut-
être du plaisir à répandre sur tes
jours le poison des regrets ; & ce
même amour qui me rendoit féroce , déchiroit mon cœur par
l'horreur de tes peines. Enfin,
reveillée comme d'un profond fommeil, pénétrée de ta propre douleur, tremblante pour ta vie , je demandai des secours , je revis la
lumiere.

Te reverrai-je , toi , cher Arbitre

bitre de mon exiſtence ? Hélas ! qui pourra m'en aſſurer ? Je ne ſçais plus où je ſuis, peut-être eſt-ce loin de toi. Mais duſſions-nous être ſéparés par les eſpaces immenſes qu'habitent les enfans du Soleil, le nuage leger de mes penſées volera ſans ceſſe autour de toi.

LETTRE

LETTRE QUATRIÉME.

QUEL que soit l'amour de la vie, mon cher Aza., les peines le diminue , le défefpoir l'éteint. Le mépris que la nature femble faire de notre être, en l'abandonnant à la douleur , nous révolte d'abord ; enfuite l'impoffibilité de nous en délivrer , nous prouve une infuffifance fi humiliante, qu'elle nous conduit jufqu'au dégoût de nous-même.

Je ne vis plus en moi ni pour moi ; chaque inftant où je refpire, eft un facrifice que je fais à ton amour, & de jour en jour il de-

D   vient

vient plus pénible ; si le tems apporte quelque soulagement au mal
qui me consume, loin d'éclaircir
mon sort, il semble le rendre encore plus obscur. Tout ce qui
m'environne m'est inconnu, tout
m'est nouveau, tout intéresse ma
curiosité, & rien ne peut la satisfaire. En vain, j'employe mon
attention & mes efforts pour entendre, ou pour être entendue ;
l'un & l'autre me sont également
impossibles. Fatiguée de tant
de peines inutiles, je crus en
tarir la source, en dérobant à mes
yeux l'impression qu'ils recevoient
des objets : je m'obstinai quelque
tems à les fermer ; mais les ténébres volontaires auxqu elles je m'é-
tois

fois condamnée, ne foulageoient
que ma modeftie. Bleffée fans ceffe
à la vûe de ces hommes, dont les
fervices & les fecours font autant
de fupplices, mon ame n'en étoit pas
moins agitée ; renfermée en moi-
même, mes inquiétudes n'en é-
toient que plus vives, & le defir
de les exprimer plus violent. D'un
autre côté l'impoffibilité de me
faire entendre, répand jufques fur
mes organes un tourment non
moins infupportable que des douleurs qui auroient une réalité plus
apparente. Que cette fituation eft
cruelle !

Hélas ! je croiois déja entendre
quelques mots des Sauvages Efpagnols, j'y trouvois des rapports

D 2　　avec

avec notre augufte langage ; je me flattois qu'en peu de tems je pourrois m'expliquer avec eux : loin de trouver le même avantage avec mes nouveaux tyrans, ils s'expriment avec tant de rapidité, que je ne diftingue pas même les inflexions de leur voix. Tout me fait juger qu'ils ne font pas de la même Nation ; & à la différence de leur maniere, & de leur caractere apparent, on devine fans peine que *Pachacamac* leur a diftribué dans une grande difproportion les élemens dont il a formé les humains. L'air grave & farouche des emiers fait voir qu'ils font compofés de la matiere des plus durs métaux ; ceux - ci femblent

s'être

s'être échappés des mains du Créateur au moment où il n'avoit encore assemblé pour leur formation
que l'air & le feu : les yeux fiers , la
mine sombre & tranquille de ceux-
là , montroient assez qu'ils étoient
cruels de sang froid; l'inhumanité de
leurs actions ne l'a que trop prouvé.
Le visage riant de ceux-ci , la douceur de leurs regards , un certain
empressement répandu sur leurs
actions & qui paroît être de la bien-
veillance , prévient en leur faveur ;
mais je remarque des contradictions dans leur conduite , qui sus-
pendent mon jugement.

Deux de ces Sauvages ne quittent presque pas le chevet de mon
lit : l'un que j'ai jugé être le
Cacique

Cacique * à fon air de grandeur ;
me rend, je crois, à fa façon beaucoup de refpect : l'autre me donne
une partie des fecours qu'exige ma
maladie, mais fa bonté eft dure,
fes fecours font cruels, & fa familiarité impérieufe.

Dès le premier moment, où revenue de ma foibleffe, je me trouvai en leur puiffance, celui-ci (car
je l'ai bien remarqué) plus hardi
que les autres, voulut prendre ma
main, que je retirai avec une con-
fufion inexprimable ; il parut fur-
pris de ma réfiftance, & fans aucun égard pour la modeftie, il la
reprit

* *Cacique* eft une efpece de Gouver-
neur de Province.

reprit à l'inftant : foible, mourante & ne prononçant que des paroles qui n'étoient point entendues, pouvois-je l'en empêcher ? Il la garda, mon cher Aza, tout autant qu'il voulut, & depuis ce tems, il faut que je la lui donne moi-même plufieurs fois par jour, fi je veux éviter des débats qui tour-nent toujours à mon défavantage.

Cette efpéce de cérémonie * me paroît une fuperftition de ces peuples : j'ai crû remarquer que l'on y trouvoit des rapports avec mon mal ; mais il faut apparem-ment être de leur Nation pour en

fentir

* Les Indiens n'avoient aucune con-noiffance de la Médecine.

sentir les effets ; car je n'en éprouve aucuns, je souffre toujours également d'un feu intérieur qui me
consume ; à peine me reste-t-il
assez de force pour nouer mes
Quipos. J'employe à cette occupation autant de tems que ma foiblesse peut me le permettre : ces
nœuds qui frappent mes sens, semblent donner plus de réalité à mes
pensées ; la sorte de ressemblance
que je m'imagine qu'ils ont avec
les paroles, me fait une illusion
qui trompe ma douleur : je crois
te parler, te dire que je t'aime;
t'assurer de mes vœux, de ma tendresse ; cette douce erreur est mon
bien & ma vie. Si l'excès d'accablement m'oblige d'interrompre

mon

mon Ouvrage, je gémis de ton absence ; ainsi toute entiere à ma tendreffe, il n'y a pas un de mes momens qui ne t'appartienne.

Hélas ! Quel autre usage pourrois-je en faire ? O, mon cher Aza! quand tu ne ferois pas le maître de mon ame : quand les chaînes de l'amour ne m'attacheroient pas inféparablement à toi ; plongée dans un abîme d'obfcurité, pourrois-je détourner mes penfées de la lumiere de ma vie ? Tu es le Soleil de mes jours, tu les éclaires, tu les prolonges, ils font à toi. Tu me chéris, je me laiffe vivre. Que feras-tu pour moi ? Tu m'aimeras, je fuis récompenfée.

E   *LETTRE*

LETTRE CINQUIÉME.

QUE j'ai fouffert, mon cher Aza, depuis les derniers nœuds que je t'ai confacrés ! La privation de mes *Quipos* manquoit au comble de mes peines ; dès. que mes officieux Perfécuteurs fe font apperçus que ce travail augmentoit mon accablement, ils m'en ont ôté l'ufage.

On m'a enfin rendu le tréfor de ma tendreffe, mais je l'ai acheté par bien des larmes. Il ne me refte que cette expreffion de mes fenti- mens ; il ne me refte que la trifte confolation de te peindre mes dou-

leurs,

leurs , pouvois - je la perdre sans défespoir ?

Mon étrange deftinée m'a ravi jufqu'à la douceur que trouvent les malheureux à parler de leurs peines : on croit être plaint quand on eft écouté, on croit être foulagé en voyant partager fa trifteffe , je ne puis me faire entendre , & la gaieté m'environne.

Je ne puis même jouir paifiblement de la nouvelle efpéce de défert où me réduit l'impuiffance de communiquer mes penfées. Entourée d'objets importuns , leurs regards attentifs troublent la folitude de mon ame : j'oublie le plus beau préfent que nous ait fait la nature , en rendant nos idées impéné-

E 2   trables

trables fans le fecours de notre propre volonté. Je crains quelquefois que ces Sauvages curieux ne découvrent les réflexions défavantageufes que m'infpire la bizarrerie de leur conduite.

Un moment détruit l'opinion qu'un autre moment m'avoit donné de leur caractere. Car fi je m'arrête aux fréquentes oppofitions de leur volonté à la mienne, je ne puis douter qu'ils ne me croyent leur efclave , & que leur puiffance ne foit tyrannique.

Sans compter un nombre infini d'autres contradictions, ils me refufent , mon cher Aza , jufqu'aux alimens néceffaires au foutien de la vie, jufqu'à la liberté de choifir

la

la place où je veux être, ils me
retiennent par une espéce de violence dans ce lit qui m'est devenu
insupportable.

D'un autre côté, si je réfléchis
sur l'envie extrême qu'ils ont té-
moignée de conserver mes jours,
sur le respect dont ils accompa-
gnent les services qu'ils me rendent, je suis tentée de croire qu'ils
me prennent pour un être d'u-
ne espéce supérieure à l'humanité.

Aucun d'eux ne paroît devant
moi, sans courber son corps plus
ou moins, comme nous avons
coutume de faire en adorant le Soleil. *Le Cacique* semble vouloir
imiter le cérémonial des Incas au

E 3   jour

jour du *Raymi* : * Il se met sur
ses genoux fort près de mon lit,
il reste un tems considérable dans
cette posture gênante : tantôt il
garde le silence, & les yeux baissés,
il semble rêver profondement : je
vois sur son visage cet embarras
respectueux que nous inspire *le
grand Nom* ** prononcé à haute
voix. S'il trouve l'occasion de sai-
sir ma main, il y porte sa bouche
avec la même vénération que
nous

* Le *Raymi* principale fête du Soleil, l'Incas & les Prêtres l'adoroient à
genoux.

** Le grand Nom étoit *Pachacamac*,
on ne le prononçoit que rarement, &
avec beaucoup de signes d'adoration.

nous avons pour le facré Diadême. * Quelquefois il prononce un
grand nombre de mots qui ne ref-
femblent point au langage ordinaire de fa Nation. Le fon en eft
plus doux , plus diftinct , plus
mefuré ; il y joint cet air touché
qui précéde les larmes ; ces fou-
pirs qui expriment les befoins de
l'ame ; ces accens qui font prefque des plaintes ; enfin tout ce
qui accompagne le defir d'obtenir des graces. Hélas ! mon cher
Aza , s'il me connoiffoit bien , s'il
n'étoit pas dans quelque erreur
fur

---

* On baifoit le Diadême de *Mauco-*
capa comme nous baifons les Reliques
de nos Saints.

E 4

fur mon être, quelle priere auroit-
il à me faire ?

Cette Nation ne feroit-elle point
idolâtre ? Je n'ai encore vû faire
aucune adoration au Soleil ; peut-
être prennent-ils les femmes pour
l'objet de leur culte. Avant que
le Grand *Mauco-Capa* * eût apporté fur la terre les volontés du
Soleil ; nos Ancêtres divinifoient
tout ce qui les frappoit de crainte
ou de plaifir : peut-être ces Sauvages n'éprouvent - ils ces deux
fentimens que pour les femmes.

Mais, s'ils m'adoroient, ajou-
teroient-ils à mes malheurs l'affreufe

* Premier Légiflateur des Indiens. *V.*
l'Hiftoire des Incas.

ſe contrainte où ils me rétiennent ?
Non , ils chercheroient à me plaire , ils obéiroient aux ſignes de
mes volontés ; je ſerois libre , je
ſortirois de cette odieuſe demeure ; j'irois chercher le maître de
mon ame ; un ſeul de ſes regards
effaceroit le ſouvenir de tant d'in-
fortunes.

LETTRE

LETTRE SIXIÉME.

QUELLE horrible furprife, mon cher Aza ! Que nos malheurs font augmentés ! Que nous fommes à plaindre ! Nos maux font fans reméde, il ne me refte qu'à te l'apprendre & à mourir.

On m'a enfin permis de me lever, j'ai profitai avec empreffement de cette liberté ; je me fuis traînée à une petite fenêtre, je l'ai ouverte avec la précipitation que m'infpiroit ma vive curiofité. Qu'ai-je vû ? Cher Amour de ma vie, je ne trouverai point d'expreffions

preffions pour te peindre l'excès de mon étonnement, & le mortel défefpoir qui m'a faifie en ne découvrant autour de moi que ce terrible élément dont la vûe feule fait frémir.

Mon premier coup d'œil ne m'a que trop éclairée fur le mouvement incommode de notre demeure. Je fuis dans une de ces maifons flotantes, dont les Efpagnols fe font fervis pour atteindre jufqu'à nos malheureufes Contrées, & dont on ne m'avoit fait qu'une defcription très-imparfaite.

Conçois-tu, cher Aza, quelles idées funeftes font entrées dans mon ame avec cette affreufe connoiffance ? Je fuis certaine que l'on m'éloigne m'éloigne de toi , je ne respire plus le même air , je n'habite plus le même élément : tu ignoreras toujours où je suis, si je t'aime, si j'existe ; la destruction de mon être ne paroîtra pas même un évenement assez considérable pour être porté jusqu'à toi. Cher Arbitre de mes jours , de quel prix te peut être désormais ma vie infortunée ? Souffre que je rende à la Divinité un bienfait insupportable dont je ne veux plus jouir ; je ne te verrai plus , je ne veux plus vivre.

Je perds ce que j'aime ; l'univers est anéanti pour moi ; il n'est plus qu'un vaste desert que je remplis des cris de mon amour ; entends

tends-les , cher objet de ma tendreffe , fois - en touché , permets que je meure....

Quelle erreur me féduit ! Non , mon cher Aza , non , ce n'eft pas toi qui m'ordonnes de vivre , c'eft la timide nature , qui , en frémiffant d'horreur, emprunte ta voix plus puiffante que la fienne pour retarder une fin toujours redoutable pour elle ; mais c'en eft fait, le moyen le plus prompt me délivrera de fes regrets....

Que la Mer abîme à jamais dans fes flots ma tendreffe malheureufe , ma vie & mon défefpoir.

Reçois, trop malheureux Aza ; reçois les derniers fentimens de

mon

mon cœur, il n'a reçu que ton image, il ne vouloit vivre que pour toi, il meurt rempli de ton amour. Je t'aime, je le pense, je le sens encore, je le dis pour la derniere fois.....

LETTRE

LETTRE SEPTIÉME.

AZA, tu n'as pas tout perdu, tu régnes encore fur un cœur; je refpire. La vigilance de mes Surveillans a rompu mon funefte deffein, il ne me refte que la honte d'en avoir tenté l'exécution. J'en aurois trop à t'apprendre les circonftances d'une entreprife auffi-tôt détruite que projettée. Oferois-je jamais lever les yeux jufqu'à toi, fi tu avois été témoin de mon emportement?

Ma raifon foumife au défefpoir, ne m'étoit plus d'aucun fecours; ma vie ne me paroiffoit d'aucun

prix,

prix, j'avois oublié ton amour.

Que le sang-froid est cruel après la fureur ! Que les points de vue font différens sur les mêmes objets! Dans l'horreur du désespoir on prend la férocité pour du courage, & la crainte des souffrances pour de la fermeté. Qu'un mot, un regard, une surprise nous rappelle à nous-même, nous ne trouvons que de la foiblesse pour principe de notre Héroïsme ; pour fruit , que le repentir, & que le mépris pour récompense.

La connoissance de ma faute en est la plus sévére punition. Abandonnée à l'amertume du repentir , ensevelie sous le voile de la honte, je me tiens à l'écart; je crains

que

que mon corps n'occupe trop de place : je voudrois le dérober à la lumiere ; mes pleurs coulent en abondance ; ma douleur est calme, nul son ne l'exhale ; mais je suis toute à elle. Puis-je trop expier mon crime ? Il étoit contre toi.

En vain, depuis deux jours ces Sauvages bienfaisans voudroient me faire partager la joie qui les transporte ; je ne fais qu'en soupçonner la cause ; mais quand elle me seroit plus connue, je ne me trouverois pas digne de me mêler à leurs fêtes. Leurs danses, leurs cris de joie, une liqueur rouge semblable au Mays, * dont ils boivent abon-

* Le *Mays* est une plante dont les In

F   diens.

abondamment, leur empreſſement à contempler le Soleil par tous les endroits d'où ils peuvent l'appercevoir, ne me laiſſeroient pas douter que cette réjouiſſance ne ſe fît en l'honneur de l'Aſtre Divin, ſi la conduite du *Cacique* étoit conforme à celle des autres.

Mais, loin de prendre part à la joie publique, depuis la faute que j'ai commiſe, il n'en prend qu'à ma douleur. Son zèle eſt plus reſpectueux, ſes ſoins plus aſſidus, ſon

diens font une boiſſon forte & ſalutaire ; ils en préſentent au Soleil les jours de ſes fêtes, & ils en boivent juſqu'à l'yvreſſe après le ſacrifice. *Voyez l'Hiſt. des Incas t. 2. p. 151.*

fon attention plus pénétrante.

Il a deviné que la préfence continuelle des Sauvages de fa fuite ajoutoit la contrainte à mon affliction ; il m'a délivrée de leurs regards importuns , je n'ai prefque plus que les fiens à fupporter.

Le croirois-tu , mon cher Aza? Il y a des momens, où je trouve de la douceur dans ces entretiens muets ; le feu de fes yeux me rappelle l'image de celui que j'ai vû dans les tiens ; j'y trouve des rapports qui féduifent mon cœur. Hélas que cette illufion eft paffagere & que les regrets qui la fuivent font durables ! ils ne finiront qu'avec ma vie , puifque je ne vis que pour toi.

F 2　　*LETTRE*

LETTRE HUITIÉME.

QUAND un seul objet réunit toutes nos penfées, mon cher Aza, les événemens ne nous intéreffent que par les rapports que nous y trouvons avec lui. Si tu n'étois le feul mobile de mon ame, aurois-je paffé, comme je viens de faire, de l'horreur du défefpoir à l'efpérance la plus douce ? Le *Cacique* avoit déja effayé plufieurs fois inutilement de me faire approcher de cette fenêtre, que je ne regarde plus fans frémir. Enfin preffée par de nouvelles inftances, je m'y fuis laiffée conduire.

Ah!

Ah ! mon cher Aza, que j'ai été bien récompensée de ma complaisance !

Par un prodige incompréhensible, en me faisant regarder à travers une espéce de canne percée, il m'a fait voir la terre dans un éloignement, où sans le secours de cette merveilleuse machine, mes yeux n'auroient pu atteindre.

En même-tems, il m'a fait entendre par des signes (qui commencent à me devenir familiers) que nous allons à cette terre, & que sa vûe étoit l'unique objet des réjouissances que j'ai prises pour un sacrifice au Soleil.

J'ai senti d'abord tout l'avantage

ge

gè de cette découverte ; l'efpérance , comme un trait de lumiere , a
porté fa clarté jufqu'au fond de mon
cœur.

Il eft certain que l'on me conduit à cette terre que l'on m'a fait
voir , il eft évident qu'elle eft une
portion de ton Empire , puifque le
Soleil y répand fes rayons bienfai-
fans. * Je ne fuis plus dans les fers
des cruels Efpagnols. Qui pourroit
donc m'empêcher de rentrer fous
tes Loix ?

Oui , cher Aza , je vais me réunir

* Les Indiens ne connoiffoient pas
notre Emifphére , & croyoient que le
Soleil n'éclairoit que la terre de fes
enfans.

nir à ce que j'aime. Mon amour, ma raison, mes desirs, tout m'en assure. Je vole dans tes bras, un torrent de joie se répand dans mon ame, le passé s'évanouit, mes malheurs sont finis ; ils sont oubliés, l'avenir seul m'occupe, c'est mon unique bien.

Aza, mon cher espoir, je ne t'ai pas perdu ; je verrai ton visage, tes habits, ton ombre ; je t'aimerai ; je te le dirai à toi-même, est-il des tourmens qu'un tel bonheur n'efface !

LETTRE

LETTRE NEUVIÉME.

QUE les jours font longs, quand on les compte, mon cher Aza ! le tems ainfi que l'efpace n'eft connu que par fes limites. Il me femble que nos efpérances font celles du tems ; fi elles nous quittent, ou qu'elles ne foient pas fenfiblement marquées, nous n'en appercevons pas plus la durée que l'air qui remplit l'efpace.

Depuis l'inftant fatal de notre féparation, mon ame & mon cœur également flétris par l'infortune, reftoient enfevelis dans cet abandon total (horreur de la nature,

image

image du néant) les jours s'écou-
loient fans que j'y priffe garde ; aucun efpoir ne fixoit mon attention
fur leur longueur : à préfent que
l'efpérance en marque tous les inftans , leur durée me paroît infinie , & ce qui me furprend davantage ; c'eft qu'en recouvrant la
tranquilité de mon efprit , je ré-
trouve en même-tems la facilité
de penfer.

Depuis que mon imagination eft
ouverte à la joie , une foule de
penfées qui s'y préfentent , l'occupent jufqu'à la fatiguer. Des
projets de plaifirs & de bonheur
s'y fuccédent alternativement ; les
idées nouvelles y font reçues avec
facilité; celles mêmes dont je ne

m'étois

m'étois point apperçue s'y retracent fans les chercher.

Depuis deux jours, j'entens plusieurs mots de la Langue du *Cacique* que je ne croyois pas fçavoir. Ce ne font encore que des termes qui s'appliquent aux objets, ils n'expriment point mes penfées & ne me font point entendre celles des autres; cependant ils me fourniffent déja quelques éclairciffemens qui m'étoient néceffaires.

Je fçais que le nom du *Cacique* eft *Déterville*, celui de notre maifon flottante *vaiffeau*, & celui de la terre où nous allons, *France*.

Ce dernier m'a d'abord effrayé: je ne me fouviens pas d'avoir entendu nommer ainfi aucune Contrée

trée de ton Royaume ; mais faifant
réflexion au nombre infini de celles qui le compofent , dont les
noms me font échappés, ce mouvement de crainte s'eft bien-tôt
évanoui ; pouvoit-il fubfifter long-
tems avec la folide confiance que
me donne fans ceffe la vûe du Soleil ? Non, mon cher Aza , cet
aftre divin n'éclaire que fes enfans ; le feul doute me rendroit
criminelle ; je vais rentrer fous
ton Empire , je touche au moment de te voir, je cours à mon
bonheur.

Au milieu des tranfports de ma
joie, la reconnoiffance me prépare un plaifir délicieux , tu com-
bleras d'honneur & de richeffes

le

le *Cacique* * bienfaifant qui nous
rendra l'un à l'autre, il portera
dans fa Province le fouvenir de Zilia ; la récompenfe de fa vertu le
rendra plus vertueux encore, &
fon bonheur fera ta gloire.

Rien ne peut fe comparer, mon
cher Aza, aux bontés qu'il a pour
moi ; loin de me traiter en efclave, il femble être le mien ; j'é-
prouve à préfent autant de com-
plaifances de fa part que j'en é-
prouvois de contradictions durant
ma maladie : occupé de moi, de
mes inquiétudes, de mes amufemens,

* Les *Caciques* étoient des efpéces de
petits Souverains tributaires des *Incas*.

mèns , il paroît n'avoir plus d'autres foins. Je les reçois avec un peu moins d'embarras , depuis qu'éclairée par l'habitude & par la réflexion , je vois que j'étois dans l'erreur fur l'idolâtrie dont je le foupçonnois.

Ce n'eft pas qu'il ne repéte fouvent à peu près les mêmes démonftrations que je prenois pour un culte ; mais le ton , l'air & la forme qu'il y employe , me perfuadent que ce n'eft qu'un jeu à l'ufage de fa Nation.

Il commence par me faire prononcer diftinctement des mots de fa Langue. (Il fçait bien que les Dieux ne parlent point) ; dès que j'ai répeté après lui , *oui, je vous*

aime .

aime ; ou bien , je vous promets d'être à vous . la joie se répand sur son visage , il me baise les mains avec transport , & avec un air de gaieté tout contraire au sérieux qui accompagne l'adoration de la Divinité.

Tranquille sur sa Religion , je ne le suis pas entierement sur le pays d'où il tire son origine. Son langage & ses habillemens sont si différens des nôtres , que souvent ma confiance en est ébranlée. De fâcheuses réflexions couvrent quelquefois de nuages ma plus chere espérance : je passe successivement de la crainte à la joie, & de la joie à l'inquiétude.

Fatiguée de la confusion de mes
idées

idées, rebutée des incertitudes qui me déchirent, j'avois réfolu de ne plus penfer; mais comment rallentir le mouvement d'une ame privée de toute communication, qui n'agit que fur elle-même, & que de fi grands intérêts excitent à réfléchir? Je ne le puis, mon cher Aza, je cherche des lumieres avec une agitation qui me dévore, & je me trouve fans ceffe dans la plus profonde obfcurité. Je fçavois que la privation d'un fens peut tromper à quelques égards, je vois, néanmoins avec furprife que l'ufage des miens m'entraîne d'erreurs en erreurs. L'intelligence des Langues feroit-elle celle de l'ame? O, cher Aza, que mes

mal-

malheurs me font entrevoir de fâcheufes vérités ; mais que ces triftes penfées s'éloignent de moi ; nous touchons à la terre. La lumiere de mes jours diffipera en un moment les ténébres qui m'environnent.

LETTRE

LETTRE DIXIÉME.

JE fuis enfin arrivée à cette Terre, l'objet de mes defirs ; mon cher Aza , mais je n'y vois encore rien qui m'annonce le bonheur que je m'en étois promis , tout ce qui s'offre à mes yeux me frappe , me furprend , m'étonne & ne me laiffe qu'une impreffion vague , une perplexité ftupide , dont je ne cherche pas même à me délivrer ; mes erreurs répriment mes jugemens , je demeure incertaine, je doute prefque de ce que je vois.

A peine étions - nous fortis de la maifon flotante, que nous fommes

mes

mes entrés dans une ville bâtie sur
le rivage de la Mer. Le peuple qui
nous suivoit en foule, me paroît
être de la même Nation que le
Cacique, & les maisons n'ont aucune ressemblance avec celles des
villes du Soleil : si celles - là les
surpassent en beauté par la richef-
se de leurs ornemens, celles - ci
sont fort au-dessus par les prodiges
dont elles sont remplies.

En entrant dans la chambre où
Déterville m'a logée, mon cœur
a tressailli ; j'ai vû dans l'enfonce-
ment une jeune personne habillée
comme une Vierge du Soleil ; j'ai
couru à elle les bras ouverts.
Quelle surprise, mon cher Aza,
quelle surprise extrême, de ne
trouver

trouver qu'une refiftance impéné-
trable , où je voyois une figure
humaine fe mouvoir dans un efpace fort étendu !

L'étonnement me tenoit immobile les yeux attachés fur cette
ombre , quand *Déterville* m'a fait
remarquer fa propre figure à côté
de celle qui occupoit toute mon
attention : je le touchois , je lui
parlois , & je le voyois en même-
tems fort près & fort loin de moi.

Ces prodiges troublent la raifon , ils offufquent le jugement ;
que faut-il penfer des habitans de
ce pays ? Faut-il les craindre , faut-
il les aimer ? Je me garderai bien
de rien déterminer là-deffus.

Le *Cacique* m'a fait comprendre
que

que la figure que je voyois, étoit la mienne; mais de quoi cela m'instruit-il? Le prodige en est-il moins grand? Suis-je moins mortifiée de ne trouver dans mon esprit que des erreurs ou des ignorances? Je le vois avec douleur, mon cher Aza; les moins habiles de cette Contrée sont plus savans que tous nos *Ancutes.*

Le *Cacique* m'a donné une *China* * jeune & fort vive; c'est une grande douceur pour moi, que celle de revoir des femmes & d'en être servie : plusieurs autres s'empressent à me rendre des soins, & j'aimerois autant qu'elles ne le fissent

* Servante ou femme de chambre.

fiffent pas , leur préfence réveille
mes craintes. A la façon dont elles
me regardent, je vois bien qu'elles n'ont point été à *Cuzcoco* *. Cependant je ne puis encore juger de
rien , mon efprit flotte toujours
dans une mer d'incertitudes ; mon
cœur feul inébranlable ne defire ,
n'efpére , & n'attend qu'un bonheur fans lequel tout ne peut être
que peines.

* Capitale du Perou.

LETTRE

LETTRE ONZIÉME.

QUOIQUE j'aie pris tous les foins qui font en mon pouvoir pour déconvrir quelque lumiere fur mon fort, mon cher Aza, je n'en fuis pas mieux inftruite que je l'étois il y a trois jours. Tout ce que j'ai pû remarquer, c'eft que les Sauvages de cette Contrée paroiffent auffi bons, auffi humains que le *Cacique* ; ils chantent & danfent, comme s'ils avoient tous les jours des terres à cultiver. * Si je m'en rapportois

à

* Les terres fe cultivoient en commun au Perou, & les jours de ce travail étoient des jours de réjouiffances.

à l'opposition de leurs usages à
ceux de notre Nation, je n'aurois
plus d'espoir ; mais je me souviens
que ton auguste pere a soumis à
son obéissance des Provinces fort
éloignées , & dont les Peuples
n'avoient pas plus de rapport avec
les nôtres : pourquoi celle-ci n'en
seroit-elle pas une ? Le Soleil paroît se plaire à l'éclairer , il est plus
beau, plus pur que je ne l'ai jamais vû , & je me livre à la confiance qu'il m'inspire : il ne me
reste d'inquiétude que sur la longueur du tems qu'il faudra passer
avant de pouvoir m'éclaircir tout-
à-fait sur nos intérêts ; car, mon
cher Aza , je n'en puis plus douter, le seul usage de la Langue du

pays

pays pourra m'apprendre la vérité
& finir mes inquiétudes.

Je ne laiſſe échaper aucune oc-
caſion de m'en inſtruire, je profite de tous les momens où Déterville me laiſſe en liberté pour
prendre des leçons de *Ma-China*;
c'eſt une foible reſſource, ne pouvant lui faire entendre mes penſées, je ne puis former aucun rai-
ſonnement avec elle ; je n'apprends que le nom des objets qui
frappent ſes yeux & les miens. Les
ſignes du *Cacique* me ſont quelquefois plus utiles. L'habitude
nous en a fait une eſpéce de
langage, qui nous ſert au moins à
exprimer nos volontés. Il me me-
na hier dans une maiſon, où, ſans

cette

cette intelligence, je me ferois fort mal conduite.

Nous entrâmes dans une chambre plus grande & plus ornée que celle que j'habite; beaucoup de monde y étoit affemblé. L'étonnement général que l'on témoigna à ma vue me déplut, les ris exceſſifs que pluſieurs jeunes filles s'efforçoient d'étouffer & qui recommençoient, lorſqu'elles levoient les yeux fur moi, exciterent dans mon cœur un fentiment fi fâcheux, que je l'aurois pris pour de la honte, fi je me fuſſe fentie coupable de quelque faute. Mais ne me trouvant qu'une grande répugnance à demeurer avec elles, j'allois retourner fur

H mes

mes pas, quand un signe de Déterville me retint.

Je compris que je commettois
une faute, si je sortois, & je me
gardai bien de rien faire qui mé-
ritât le blâme que l'on me donnoit sans sujet ; je restai donc, en
portant toute mon attention sur
ces femmes, je crus démêler que
la singularité de mes habits cau-
soit seule la surprise des unes &
les ris offensans des autres, j'eus
pitié de leur foiblesse ; je ne pensai plus qu'à leur persuader par
ma contenance, que mon ame ne
différoit pas tant de la leur, que
mes habillemens de leurs parures.

Un homme que j'aurois pris
pour

pour un *Curacas* * s'il n'eût été
vêtu de noir, vint me prendre par
la main d'un air affable, & me conduisit auprès d'une femme, qu'à
son air fier, je pris pour la *Pallas* **
de la Contrée. Il lui dit plusieurs
paroles que je sçais pour les avoir
entendues prononcer mille fois à
Déterville. *Qu'elle est belle !* les
beaux yeux ! . . . . un autre homme
lui répondit.

*Des graces . une taille de Nym-
phe !* . . . . Hors les femmes qui ne
disent

* Les *Curacas* étoient de petits Souverains d'une Contrée ; ils avoient le
privilége de porter le même habit que
les Incas.

** Nom générique des Princesses.

H 2

dirent rien , tous répéterent à peu
près les mêmes mots ; je ne fçais pas
encore leur fignification , mais ils
expriment fûrement des idées
agréables , car en les prononçant ,
le vifage eſt toujours riant.

Le *Cacique* paroiſſoit extrêmement fatisfait de ce que l'on diſoit ;
il ſe tint toujours à côté de moi , ou
s'il s'en éloignoit pour parler à
quelqu'un , ſes yeux ne me per-
doient pas de vue , & ſes fignes m'a-
vertiſſoient de ce que je devois faire : de mon côté j'étois fort attentive à l'obſerver pour ne point bleſſer
les uſages d'une Nation ſi peu inſtruite des nôtres.

Je ne ſçais , mon cher Aza , ſi
je pourrai te faire comprendre
combien

combien les manieres de ces Sauvages m'ont paru extraordinaires.

Ils ont une vivacité si impatiente,
que les paroles ne leur suffisant
pas pour s'exprimer, ils parlent autant par le mouvement de leur
corps que par le son de leur voix;
ce que j'ai vû de leur agitation
continuelle , m'a pleinement per-
suadée du peu d'importance des
démonstrations du *Cacique* qui
m'ont tant causé d'embarras &
sur lesquelles j'ai fait tant de fausses
conjectures.

Il baisa hier les mains de la
Pallas, & celles de toutes les autres femmes, il les baisa même au
visage (ce que je n'avois pas encore

core vû) : les hommes venoient
l'embraffer ; les uns le prenoient
par une main , les autres le tiroient
par son habit , & tout cela avec une
promptitude dont nous n'avons
point d'idées.

A juger de leur efprit par la
vivacité de leurs geftes , je fuis
fûre que nos expreffions mefurées,
que les fublimes comparaifons qui
expriment fi naturellement nos
tendres fentimens & nos penfées
affectueufes , leur paroîtroient infipides ; ils prendroient notre air
férieux & modefte pour de la ftu-
pidité ; & la gravité de notre démarche pour un engourdiffement.
Le croirois-tu , mon cher Aza ,
malgré leurs imperfections , fi tu
étois

étois ici, je me plairois avec eux.
Un certain air d'affabilité répandu
fur tout ce qu'ils font, les rend
aimables ; & fi mon ame étoit plus
heureufe, je trouverois du plaifir
dans la diverfité des objets qui fe
préfentent fucceffivement à mes
yeux ; mais le peu de rapport qu'ils
ont avec toi, efface les agrémens
de leur nouveauté ; toi feul fais mon
bien & mes plaifirs.

LETTRE

LETTRE DOUZIÉME.

J'AI paffé bien du tems , mon cher Aza , fans pouvoir don- ner un moment à ma plus chere occupation ; j'ai cependant un grand nombre de chofes extraor- dinaires à t'apprendre ; je profite d'un peu de loifir pour effayer de t'en inftruire.

Le lendemain de ma vifite chez la *Pallas* , Déterville me fit appor- ter un fort bel habillement à l'ufa- ge du pays. Après que ma petite *China* l'eut arrangé fur moi à fa fantaifie , elle me fit approcher de cette ingénieufe machine qui dou-

ble

ble les objets : Quoique je dûsse
être accoutumée à ses effets, je ne
pus encore me garantir de la surprise, en me voyant comme si j'é-
tois vis-à-vis de moi-même.

Mon nouvel ajustement ne me
déplut pas ; peut-être je regrette-
rois davantage celui que je quitte,
s'il ne m'avoit fait regarder par tout
avec une attention incommode.

Le *Cacique* entra dans ma chambre au moment que la jeune fille
ajoutoit encore plusieurs bagatelles à ma parure ; il s'arrêta à l'entrée de la porte & nous regarda
long - tems sans parler : sa rêverie
étoit si profonde, qu'il se détourna pour laisser sortir la *China* & se
remit à sa place sans s'en apper-

I   cevoir ;

cevoir ; les yeux attachés fur moi ,
il parcouroit toute ma perfonne
avec une attention férieufe dont
j'étois embarraffée , fans en fçavoir
la raifon.

Cependant afin de lui marquer
ma reconnoiffance pour fes nouveaux bienfaits , je lui tendis la
main , & ne pouvant exprimer
mes fentimens , je crûs ne pouvoir
lui rien dire de plus agréable que
quelques-uns des mots qu'il fe
plaît à me faire répéter ; je tâchai
même d'y mettre le ton qu'il y
donne.

Je ne fçais quel effet ils firent
dans ce moment-là fur lui ; mais
fes yeux s'animerent , fon vifage
s'enflamma , il vint à moi d'un air

agité

agité, il parut vouloir me prendre
dans ses bras; puis s'arrêtant tout-
à-coup, il me serra fortement la
main en prononçant d'une voix
émuë. *Non . . . , ... le respect . . . . sa vertu . . . .* & plusieurs
autres mots que je n'entends pas
mieux, & puis il courut se jetter
sur son siége à l'autre côté de la
chambre, où il demeura la tête ap-
puyée dans ses mains avec tous les
signes d'une profonde douleur.

Je fus allarmée de son état, ne
doutant pas que je lui eusse causé
quelques peines ; je m'approchai
de lui pour lui en témoigner mon
repentir ; mais il me repoussa dou-
cement sans me regarder, & je n'o-
sai plus lui rien dire : j'étois dans

le

le plus grand embarras, quand les
domestiques entrerent pour nous
apporter à manger ; il se leva ,
nous mangeâmes ensemble à la
maniere accoutumée sans qu'il
parût d'autre suite à sa douleur
qu'un peu de tristesse ; mais il
n'en avoit ni moins de bonté, ni
moins de douceur ; tout cela me
paroît inconcevable.

Je n'osois lever les yeux sur
lui ni me servir des signes , qui
ordinairement nous tenoient lieu
d'entretien ; cependant nous man-
gions dans un tems si différent de
l'heure ordinaire des repas , que
je ne pus m'empêcher de lui en témoigner ma surprise. Tout ce que
je compris à sa réponse , fut que

nous

nous allions changer de demeure.
En effet, le *Cacique* après être
forti & rentré plufieurs fois, vint
me prendre par la main ; je me
laiffai conduire, en rêvant toujours à ce qui s'étoit paffé, & en
cherchant à démêler fi le changement de lieu n'en étoit pas une fuite.

A peine eus-je paffé la derniere
porte de la maifon, qu'il m'aida à
monter un pas affez haut, & je
me trouvai dans une petite chambre où l'on ne peut fe tenir debout fans incommodité ; mais
nous y fûmes affis fort à l'aife, le
Cacique, la *China* & moi ; ce petit endroit eft agréablement meu-
blé, une fenêtre de chaque côté
l'éclaire fuffifamment, mais il n'y

I 3   a

a pas affez d'efpace pour y mar-
cher.

Tandis que je le confidérois
avec furprife, & que je tâchois de
deviner pourquoi Déterville nous
enfermoit fi étroitement (ô, mon
cher Aza ! que les prodiges font
familiers dans ce pays) je fentis
cette machine ou cabane (je
ne fçais comment la nommer)
je la fentis fe mouvoir & changer de place ; ce mouvement
me fit penfer à la maifon flotante : la frayeur me faifit ; le
Cacique attentif à mes moindres
inquiétudes me raffura en me faifant regarder par une des fenêtres,
je vis (non fans une furprife extrême) que cette machine fufpendue

due affez près de la terre, se mou-
voit par un secret que je ne com-
prenois pas.

Déterville me fit auffi voir que
plufieurs *Hamas* * d'une efpéce
qui nous eft inconnue, marchoient
devant nous & nous traînoient a-
près eux ; il faut, ô lumiere de
mes jours, un génie plus qu'humain pour inventer des chofes fi
utiles & fi fingulieres ; mais il
faut auffi qu'il y ait dans cette Nation quelques grands défauts qui
modérent fa puiffance , puifqu'elle
n'eft pas la maîtreffe du monde
entier.

Il y a quatre jours qu'enfer-
més

* Nom générique des bêtes.

I 4.

més dans cette merveilleuse machine, nous n'en sortons que la nuit pour reprendre du repos dans la premiere habitation qui se rencontre, & je n'en sors jamais sans regret. Je te l'avoüe, mon cher Aza, malgré mes tendres inquiétudes j'ai goûté pendant ce voyage des plaisirs qui m'étoient inconnus. Renfermée dans le Temple dès ma plus tendre enfance, je ne connoissois pas les beautés de l'univers ; tout ce que je vois me ravit & m'enchante.

Les campagnes immenses, qui se changent & se renouvellent sans cesse à des regards attentifs emportent l'ame avec plus de rapidité que l'on ne les traverse.

Les

Les yeux fans fe fatiguer parcourent , embraffent & fe repofent tout à la fois fur une variété infinie d'objets admirables : on croit ne trouver de bornes à fa vue que celles du monde entier ; cette erreur nous flatte , elle nous donne une idée fatisfaifante de notre propre grandeur , & femb'e nous rapprocher du Créateur de tant de merveilles.

A la fin d'un beau jour , le Ciel n'offre pas un fpectacle moins admirable que celui de la terre ; des nuées tranfparentes affemblées autour du Soleil , teintes des plus vives couleurs , nous préfentent de toutes parts des montagnes d'ombre & de lumiere , dont

dont le majestueux désordre attire notre admiration jusqu'à l'oubli de nous-mêmes.

Le Cacique a eu la complaisance de me faire sortir tous les jours de la cabane roulante pour me laisser contempler à loisir les merveilles qu'il me voyoit admirer.

Que les bois sont délicieux, mon cher Aza ! si les beautés du Ciel & de la terre nous emportent loin de nous par un raviffement involontaire, celles des forêts nous y ramenent par un attrait intérieur, incompréhensible, dont la seule nature a le secret. En entrant dans ces beaux lieux, un charme universel se répand sur tous les sens & confond leur usage.

On

On croit voir la fraîcheur avant
de la sentir ; les différentes nuances
de la couleur des feuilles adoucif-
fent la lumiere qui les pénétre,
& semblent frapper le sentiment
aussi-tôt que les yeux. Une odeur
agréable , mais indéterminée ,
laisse à peine discerner si elle
affecte le goût ou l'odorat ; l'air
même sans être apperçu , porte
dans tout notre être une volupté
pure qui semble nous donner un
sens de plus , sans pouvoir en défi-
gner l'organe.

O , mon cher Aza ! que ta
présence embelliroit des plaisirs si
purs ! Que j'ai desiré de les partager avec toi ! Témoin de mes
tendres

tendres penſées , je t'aurois fait trouver dans les ſentimens de mon cœur des charmes encore plus touchans que tous ceuxdes beautés de l'univers.

LETTRE

LETTRE TREIZIÉME.

ME voici, enfin, mon cher Aza, dans une ville nommée Paris, c'est le terme de notre voyage, mais selon les apparences, ce ne sera pas celui de mes chagrins.

Depuis que je suis arrivée, plus attentive que jamais sur tout ce qui se passe, mes découvertes ne me produisent que du tourment & ne me présagent que des malheurs : je trouve ton idée dans le moindre de mes desirs curieux, & je ne la rencontre dans aucun des objets qui s'offrent à ma vûe.

Autant

'Autant que j'en puis juger par le tems que nous avons employé à traverser cette ville, & par le grand nombre d'habitans dont les rues font remplies, elle contient plus de monde que n'en pourroient raffembler deux ou trois de nos Contrées.

Je me rappelle les merveilles que l'on m'a racontées *de Quitu*; je cherche à trouver ici quelques traits de la peinture que l'on m'a faite de cette grande ville ; mais, hélas ! quelle différence !

Celle-ci contient des ponts ; des rivieres, des arbres, des campagnes ; elle me paroît un univers plûtôt qu'une habitation particulière. J'effayerois en vain de te

donner

donne une idée juste de la hauteur
des maisons ; elles sont si prodi-
gieusement élevées, qu'il est plus
facile de croire que la nature les
a produites telles qu'elles sont, que
de comprendre comment des hommes ont pû les construire.

C'est ici que la famille du *Cacique* fait sa résidence.... La maison
qu'elle habite est presque aussi magnifique que celle du Soleil ; les
meubles & quelques endroits des
murs sont d'or ; le reste est orné
d'un tissu varié des plus belles
couleurs qui représentent assez bien
les beautés de la nature.

En arrivant, Déterville me fit
entendre qu'il me conduisoit dans
la chambre de sa mere. Nous la
trou-

trouvâmes à demi couchée ſur un
lit à peu près de la même forme
que celui des *Incas* & de même
métal. * Après avoir préſenté ſa
main au *Cacique*, qui la baiſa en
ſe proſternant preſque juſqu'à
terre, elle l'embraſſa ; mais avec
une bonté ſi froide, une joie ſi
contrainte, que ſi je n'euſſe été a-
vertie, je n'aurois pas reconnu les
ſentimens de la nature dans les
careſſes de cette mere.

Après s'être entretenus un moment, le *Cacique* me fit approcher ; elle jetta ſur moi un regard
dédaigneux, & ſans répondre à ce
que

* Les lits, les chaiſes, les tables des
Incas étoient d'or maſſif.

que son fils lui disoit, elle continua d'entourer gravement ses doigts d'un cordon qui pendoit à un petit morceau d'or.

Déterville nous quitta pour aller au-devant d'un grand homme de bonne mine qui avoit fait quelques pas vers lui ; il l'embrassa aussi-bien qu'une autre femme qui étoit occupée de la même maniere que la *Pallas*.

Dès que le *Cacique* avoit paru dans cette chambre, une jeune fille à peu près de mon âge étoit accourue ; elle le suivoit avec un empressement timide qui étoit remarquable. La joye éclatoit sur son visage sans en bannir un fond de tristesse intéressant. Déterville

K   l'em-

l'embraffa la derniere ; mais avec
une tendreffe fi naturelle que mon
cœur s'en émut. Hélas ! mon cher
Aza, quels feroient nos tranfports,
fi après tant de malheurs le fort
nous réuniffoit !

Pendant ce tems, j'étois reftée
auprès de la *Pallas* par refpect *, je
n'ofois m'en éloigner, ni lever
les yeux fur elle. Quelques regards févéres qu'elle jettoit de tems
en tems fur moi, achevoient de
m'intimider & me donnoient une
contrainte qui gênoit jufqu'à mes
penfées.

Enfin,

---

* Les filles, quoique du fang Royal,
portoient un grand refpect aux femmes
mariées.

Enfin, comme si la jéune fille eût deviné mon embarras, après avoir quitté Déterville, elle vint me prendre par la main & me conduisit près d'une fenêtre où nous nous assîmes. Quoique je n'entendisse rien de ce qu'elle me disoit, ses yeux pleins de bonté me parloient le langage universel des cœurs bienfaisans ; ils m'inspiroient la confiance & l'amitié : j'aurois voulu lui témoigner mes sentimens ; mais ne pouvant m'exprimer selon mes désirs, je prononçai tout ce que je sçavois de sa Langue.

Elle en sourit plus d'une fois en regardant Déterville d'un air fin & doux. Je trouvois du plai-

sir

fir dans cette efpéce d'entretien,
quand la *Pallas* prononça quelques paroles affez haut en regardant la jeune fille, qui baiffa les
yeux, repouffa ma main qu'elle
tenoit dans les fiennes, & ne me
regarda plus.

A quelque tems de là, une
vieille femme d'une phifionomie
farouche entra, s'approcha de la
Pallas, vint enfuite me prendre
par le bras, me conduifit prefque
malgré moi dans une chambre au
plus haut de la maifon & m'y laiffa
feule.

Quoique ce moment ne dût pas
être le plus malhenreux de ma
vie, mon cher Aza, il n'a pas
été un des moins fâcheux à paffer.
J'atten-

J'attendois de la fin de mon voyage quelques foulagemens à mes inquiétudes ; je comptois du moins trouver dans la famille du *Cacique* les mêmes bontés qu'il m'avoit témoignées. Le froid accueil de la *Pallas*, le changement fubit des manieres de la jeune fille, la rudeffe de cette femme qui m'avoit arrachée d'un lieu où j'avois intérêt de refter, l'inattention de Déterville qui ne s'étoit point oppofé à l'efpéce de violence qu'on m'avoit faite ; enfin toutes les circonftances dont une ame malheureufe fçait augmenter fes peines, fe préfentérent à la fois fous les plus triftes afpects ; je me croyois abandonnée de tout le monde,

je

je déplorois amerement mon affreuse destinée, quand je vis entrer *ma China*. Dans la situation
où j'étois, sa vûe me parut *un
bien essentiel*; je courus à elle , je
l'embrassai en versant des larmes ,
elle en fut touchée , *son attendris-
sement me fut cher. Quand on se croit
réduit à la pitié de soi - même , celle
des autres nous est bien prétieuse.*
Les marques d'affection de cette
jeune fille adoucirent ma péine :
je lui comptois mes chagrins comme si elle eût pû m'entendre , je
lui faifois mille questions , comme si elle eût pû y répondre ; ses
larmes parloient à mon cœur, les
miennes continuoient à couler, mais
elles avoient moins d'amertume.

Je

Je crûs qu'au moins, je verrois Déterville à l'heure du repas ; mais on me servit à manger, & je ne le vis point. Depuis que je t'ai perdu, chere idole de mon cœur, ce *Cacique* est le seul humain qui ait eu pour moi de la bonté *sans interruption ; l'habitude de le voir s'est tournée en besoin.* Son absence redoubla ma tristesse : après l'avoir attendu vainement, je me couchai ; mais le sommeil n'avoit point encore tari mes larmes, quand je le vis entrer dans ma chambre, suivi de la jeune personne dont le brusque dédain m'avoit été si sensible.

Elle se jetta sur mon lit, & par mille caresses elle sembloit vouloir

réparer

réparer le mauvais traitement qu'elle m'avoit fait.

Le *Cacique* s'affit à côté du lit ; il paroiffoit avoir autant de plaifir à me revoir que j'en fentois de n'en être point abandonnée ; ils fe parloient en me regardant , & m'accabloient des plus tendres marques d'affection.

Infenfiblement leur entretien devint plus férieux. Sans entendre leurs difcours , il m'étoit aifé de juger qu'ils étoient fondés fur la confiance & l'amitié ; je me gardai bien de les interrompre ; mais fi-tôt qu'ils revinrent à moi , je tâchai de tirer du *Cacique* des éclairciffemens fur ce qui m'avoit paru de plus extraordinaire depuis mon arrivée. Tout

Tout ce que je pus comprendre
à ses réponses, fut que la jeune
fille que je voyois, se nommoit
Céline, qu'elle étoit sa sœur, que le
grand homme que j'avois vû dans
la chambre de la *Pallas*, étoit son
frère aîné, & l'autre jeune femme
son épouse.

Céline me devint plus chere ;
en apprenant qu'elle étoit sœur du
Cacique ; la compagnie de l'un &
de l'autre m'étoit si agréable que
je ne m'apperçus point qu'il étoit
jour avant qu'ils me quittaffent.

Après leur départ, j'ai passé le
reste du tems, destiné au repos,
à m'entretenir avec toi, c'est tout
mon bien, c'est toute ma joye,

L   c'est

c'est à toi seul, chere ame de
mes penfées, que je dévelope
mon cœur, tu feras à jamais le
feul dépofitaire de mes fecrets,
de ma tendreffe & de mes fentimens.

LETTRE

LETTRE QUATORZIÈME.

SI je continuois , mon cher
Aza, à prendre sur mon sommeil le tems que je te donne ,
je ne jouirois plus de ces momens
délicieux où je n'existe que pour
toi. On m'a fait reprendre mes habits de vierge , & l'on m'oblige
de rester tout le jour dans une
chambre remplie d'une foule de
monde qui se change & se renou-
velle à tout moment sans presque
diminuer.

Cette dissipation involontaire
m'arrache souvent malgré moi à
mes tendres pensées ; mais si je
perds

perds pour quelques inftans cette
attention vive qui unit fans ceffe
mon ame à la tienne, je te retrouve biêntôt dans les comparaifons avantageufes que je fais de
toi avec tout ce qui m'environne.

Dans les différentes Contrées
que j'ai parcourues, je n'ai point
vû des Sauvages fi orgueilleufe-
ment familiers que ceux-ci. Les
femmes fur-tout me paroiffent a-
voir une bonté méprifante qui
révolte l'humanité & qui m'infpi-
reroit peut-être autant de mépris
pour elles qu'elles en témoignent
pour les autres, fi je les connoiffois mieux.

Une d'entr'elles m'occafionna
hier un affront, qui m'afflige encore

core aujourd'hui. Dans le tems
que l'affemblée étoit la plus nom-
breufe, elle avoit déja parlé à plufieurs perfonnes fans m'appercevoir ; foit que le hazard, ou que
quelqu'un m'ait fait remarquer,
elle fit, en jettant les yeux fur
moi, un éclat de rire, quitta précipitamment fa place, vint à moi,
me fit lever, & après m'avoir
tournée & retournée autant de fois
que fa vivacité le lui fuggera, après
avoir touché tous les morceaux
de mon habit avec une attention
fcrupuleufe, elle fit figne à un jeune
homme de s'approcher & recom-
mença avec lui l'examen de ma
figure.

Quoique je répugnaffe à la li-

L 3   berté

berté, que l'un & l'autre se donnoient , la richesse des habits de
la femme , me la faisant prendre
pour une *Pallas*, & la magnificence de ceux du jeune homme tout
couvert de plaques d'or , pour un
Anqui ; * je n'ofois m'oppofer à
leur volonté ; mais ce Sauvage té-
méraire enhardi par la familiarité
de la *Pallas*, & peut-être par ma
retenue , ayant eu l'audace de porter la main fur ma gorge , je le
repouffai avec une furprife & une
indignation qui lui firent connoître
                                    que

* Prince du Sang : il falloit une permiffion de l'Inca pour porter de l'or fur
les habits , & il ne le permettoit qu'aux
Princes du Sang Royal.

que j'étois mieux instruite que lui
des loix de l'honnêteté.

Au cri que je fis, Déterville
accourut : il n'eut pas plûtôt dit
quelques paroles au jeune Sauvage, que celui-ci s'appuyant d'une
main sur son épaule, fit des ris si
violens, que sa figure en étoit
contrefaite.

Le Casique s'en débarassa, &
lui dit, en rougissant, des mots
d'un ton si froid, que la gaieté
du jeune homme s'évanouit, &
n'ayant apparemment plus rien à
répondre, il s'éloigna sans répli-
quer & ne revint plus.

O, mon cher Aza, que les
mœurs de ce pays me rendent
respectables celles des enfans du
L 4   Soleil !

Soleil ! Que la témérité du jenne
Anqui rappelle cherement à mon
fouvenir ton tendre refpect, ta
fage retenue & les charmes de
l'honnêteté qui régnoient dans nos
entretiens ! Je l'ai fenti au premier moment de ta vue, cheres
délices de mon ame, & je le
penferai toute ma vie. Toi feul
réunis toutes les perfections que
la nature a répandues féparément
fur les humains, comme elle a
raffemblé dans mon cœur tous les
fentimens de tendreffe & d'admiration qui m'attachent à toi jufqu'à
la mort.

LETTRE

LETTRE QUINZIÉME.

PLus je vis avec le *Cacique* &
sa sœur, mon cher Aza, plus
j'ai de peine à me persuader qu'ils
soient de cette Nation, eux seuls
connoissent & respectent la vertu.

Les manieres simples, la bonté
naïve, la modeste gaieté de Céline
feroient volontiers penser qu'elle a
été élevée parmi nos Vierges. La
douceur honnête, le tendre sérieux de son frère, persuaderoient
facilement qu'il est né du sang des
Incas. L'un & l'autre me traitent
avec autant d'humanité que nous
en exercerions à leurs égards, si
des

des malheurs les euſſent conduits
parmi nous. Je ne doute même
plus que le *Cacique* ne ſoit bon
tributaire. *

Il n'entre jamais dans ma chambre, ſans m'offrir un préſent de
choſes merveilleuſes dont cette
contrée abonde : tantôt ce ſont
des morceaux de la machine qui
double les objets, renfermés dans
de petits coffres d'une matiere
admirable.

* Les *Caciques* & les *Curacas* étoient
obligés de fournir les habits & l'entretien de l'*Inca* & de la Reine. Ils ne
ne ſe préſentoient jamais devant l'un
& l'autre ſans leur offrir un tribut des
curioſités que produiſoit la Province
où ils commandoient.

admirable. Une autre fois, ce sont des pierres légeres & d'un éclat surprenant, dont on orne ici presque toutes les parties du corps; on en passe aux oreilles, on en met sur l'estomac, au col, sur la chauffure, & cela est très agréable à voir.

Mais ce que je trouve de plus amusant, ce sont de petits outils d'un métal fort dur, & d'une commodité singuliere; les uns servent à composer des ouvrages que Céline m'apprend à faire; d'autres d'une forme tranchante servent à diviser toutes sortes d'étoffes, dont on fait tant de morceaux que l'on veut sans effort, & d'une maniere fort divertissante.

J'ai

J'ai une infinité d'autres raretés plus extraordinaires encore, mais n'étant point à notre usage, je ne trouve dans notre langue aucuns termes qui puissent t'en donner l'idée.

Je te garde soigneusement tous ces dons, mon cher Aza; outre le plaisir que j'aurai de ta surprise, lorsque tu les verras, c'est qu'assurément ils sont à toi. Si le *Cacique* n'étoit soumis à ton obéissance, me payeroit-il un tribut qu'il sçait n'être dû qu'à ton rang suprême ? Les respects qu'il m'a toujours rendus m'ont fait penser que ma naissance lui étoit connue. Les présens dont il m'honore me persuadent sans aucun doute, qu'il

n'ignore

n'ignore pas que je dois être ton Epouse., puisqu'il me traite d'avance en *Mama-Oella**.

Cette conviction me raffure & calme une partie de mes inquiétudes ; je comprends qu'il ne me manque que la liberté de m'exprimer pour fçavoir du *Cacique* les raifons qui l'engagent à me retenir chez lui, & pour le déterminer à me remettre en ton pouvoir ; mais jufques-là j'aurai encore bien des peines à fouffrir.

Il s'en faut beaucoup que l'humeur de *Madame* (c'eft le nom de la mère de Déterville) ne foit auffi

* C'eft le nom que prenoient les Reines en montant fur le Trône.

aussi aimable que celle de ses enfans :
Loin de me traiter avec autant
de bonté, elle me marque en
toutes occasions une froideur &
un dédain qui me mortifient, sans
que je puisse y remédier, ne pouvant en découvrir la cause ; Et
par une opposition de sentimens
que je comprends encore moins,
elle exige que je sois continuelle-
ment avec elle.

C'est pour moi une gêne insu-
portable ; la contrainte régne par
tout où elle est : ce n'est qu'à la
dérobée que Céline & son frère
me font des signes d'amitié. Eux-
mêmes n'osent se parler librement
devant elle. Aussi continuent-ils à
passer une partie des nuits dans
ma

ma chambre, c'est le seul tems
où nous joüissons en paix du plaisir de nous voir. Et quoique je
ne participe guères à leurs entretiens, leur présence m'est toujours
agréable. Il ne tient pas aux soins
de l'un & de l'autre que je ne sois
heureuse. Hélas! mon cher Aza,
ils ignorent que je ne puis l'être
loin de toi, & que je ne crois
vivre qu'autant que ton souvenir
& ma tendresse m'occupent toute
entière.

LETTRE SEIZIÉME.

IL me reste si peu *de Quipos*, mon cher Aza, qu'à peine j'ose en faire usage. Quand je veux les nouer, la crainte de les voir finir m'arrête, comme si en les épargnant je pouvois les multiplier. Je vais perdre le plaisir de mon ame, le soûtien de ma vie, rien ne soulagera le poids de ton absence, j'en serai accablée.

Je goûtois une volupté délicate à conserver le souvenir des plus secrets mouvemens de mon cœur pour t'en offrir l'hommage. Je voulois conserver la mémoire des

principaux

principaux usages de cette nation singuliere pour amuser ton loisir dans des jours plus heureux. Hélas ! il me reste bien peu d'espérance de pouvoir éxécuter mes projets.

Si je trouve à présent tant de difficultés à mettre de l'ordre dans mes idées, comment pourrai-je dans la suite me les rappeller sans un secours étranger ? On m'en offre un, il est vrai, mais l'éxécution en est si difficile, que je la crois impossible.

Le *Cacique* m'a amené un Sauvage de cette Contrée qui vient tous les jours me donner des leçons de sa langue, & de la méthode de donner une sorte d'é-

M　xistence

xiſtence aux penſées. Cela ſe fait
en traçant avec une plume , des
petites figures que l'on appelle
Lettres , ſur une matiere blanche
& mince que l'on nomme *papier* ;
ces figures ont des noms , ces
noms mêlés enſemble repréſentent
les ſons des paroles ; mais ces
noms & ces ſons me paroiſſent ſi
peu diſtincts les uns des autres ,
que ſi je réuſſis un jour à les entendre , je ſuis bien aſſurée que
ce ne ſera pas ſans beaucoup de
peines. Ce pauvre Sauvage s'en
donne d'incroiables pour m'inſtruire , je m'en donne bien davantage pour apprendre ; cependant je fais ſi peu de progrès que
je renoncerois à l'entrepriſe, ſi je
ſavois

savois qu'une autre voye pût m'é-
claircir de ton sort & du mien.

Il n'en est point, mon cher
Aza ! aussi ne trouvai-je plus de
plaisir que dans cette nouvelle &
singulière étude. Je voudrois vivre seule : tout ce que je vois me
déplaît, & la nécessité que l'on
m'impose d'être toujours dans la
chambre de *Madame* me devient
un supplice.

Dans les commencemens, en
excitant la curiosité des autres,
j'amusois la mienne ; mais quand
on ne peut faire usage que des
yeux, ils sont bientôt satisfaits.
Toutes les femmes se ressemblent,
elles ont toujours les mêmes ma-
nières, & je crois qu'elles disent

M 2   toujours

toujours les mêmes chofes. Les
apparences font plus variées dans
les hommes. Quelques-uns ont
l'air de penfer; mais en général je
foupçonne cette nation de n'être
point telle qu'elle paroît; l'affec-
tation me paroît fon caractère dominant.

Si les démonftrations de zèle &
d'empreffement, dont on décore
ici les moindres devoirs de la fociété, étoient naturels; il faudroit,
mon cher Aza, que ces peuples
euffent dans le cœur plus de bonté, plus d'humanité que les nôtres, cela fe peut-il penfer?

S'ils avoient autant de férénité
dans l'ame que fur le vifage, fi le
penchant à la joye, que je remarque

que dans toutes leurs actions ?
étoit sincere, choisiroient-ils pour
leurs amusemens des spectacles,
tels que celui que l'on m'a fait voir?

On m'a conduite dans un endroit, où l'on représente à peu
près comme dans ton Palais, les
actions des hommes qui ne sont
plus ;* mais si nous ne rappellons
que la mémoire des plus sages &
des plus vertuenx, je crois qu'ici
on ne célébre que les insensés &
les méchans. Ceux qui les représentent, crient & s'agitent comme
des

* Les Incas faisoient représenter des
especes de Comédies, dont les sujets
étoient tirés des meilleures actions de
leurs prédécesseurs.

des furieux ; j'en ai vû un pousser
la rage jusqu'à se tuer lui-même.
De belles femmes, qu'apparem-
ment ils persécutent, pleurent
sans cesse, & font des gestes de
désespoir, qui n'ont pas besoin
des paroles dont ils sont accompa-
gnés, pour faire connoître l'excès
de leur douleur.

Pourroit-on croire, mon cher
Aza, qu'un peuple entier, dont
les dehors sont si humains, se plaise
à la représentation des malheurs
ou des crimes qui ont autrefois
avili, ou accablé leurs semblables ?

Mais, peut-être a-t-on besoin
ici de l'horreur du vice pour conduire à la vertu ; cette pensée me
vient sans la chercher, si elle étoit
juste,

juſte , que je plaindrois cette nation ? La nôtre plus favoriſée de
la nature , chérit le bien par ſes
propres attraits ; il ne nous faut
que des modèles de vertu pour devenir vertueux , comme il ne faut
que s'aimer pour devenir aimable.

LETTRE

LETTRE DIX-SEPTIÉME.

JE ne sçais plus que penser du génie de cette nation, mon cher Aza. Il parcourt les extrêmes avec tant de rapidité, qu'il faudroit être plus habile que je ne le suis pour asseoir un jugement sur son caractère.

On m'a fait voir un spectacle totalement opposé au premier. Celui-là cruel, effrayant, révolte la raison, & humilie l'humanité. Celui-ci amusant, agréable, imite la nature, & fait honneur au bon sens. Il est composé d'un bien plus grand nombre d'hommes & de

femmes

femmes que le premier. On y re-
préfente auffi quelques actions de
la vie humaine ; mais foit que l'on
exprime la pejne ou le plaifir, la
joie ou la triftefle, c'eft toujours
par des chants & des danfes.

Il faut, mon cher Aza, que
l'intelligence des fons foit univer-
felle, car il ne m'a pas été plus
difficile de m'affecter des différentes paffions que l'on a repréfen-
tées, que fi elles euffent été ex-
primées dans notre langue, & cela
me paroît bien naturel.

Le langage humain eft fans
doute de l'invention des hommes,
puifqu'il differe fuivant les diffe-
rentes nations. La nature plus
puiffante & plus attentive aux be-

foins

foins & aux plaifirs de fes créatures leur a donné des moyens géné-
raux de les exprimer , qui font fort
bien imités par les chants que j'ai
entendus.

S'il est vrai que des fons aigus
expriment mieux le befoin de fecours dans une crainte violente
ou dans une douleur vive , que
des paroles entendues dans une
partie du monde , & qui n'ont aucune fignification dans l'autre , il
n'est pas moins certain que de
tendres gémiffemens frapent nos
cœurs d'une compaffion bien plus
efficace que des mots dont l'arrangement bizarre fait fouvent un
effet contraire.

Les fons vifs & légers ne por-

tent - ils pas inévitablement dans
notre ame le plaifir gay , que le
récit d'une hiftoire divertiffante,
ou une plaifanterie adroite n'y fait
jamais naître qu'imparfaitement ?

Eft-il dans aucune langüe des
expreffions qui puiffent communiquer le plaifir ingénu avec autant
de fuccès que font les jeux naïfs
des animaux ? Il femble que les
danfes veolent les imiter , du
moins infpirent-elles à peu près le
même fentiment.

Enfin , mon cher Aza, dans ce
fpectacle tout eft conforme à la
nature & à l'humanité. Eh ! quel
bien peut-on faire aux hommes,
qui égale celui de leur infpirer de
la joie ?

J'en

J'en reſſentis moi-même & j'en emportois preſque malgré moi, quand elle fut troublée par un accident qui arriva à Céline.

En ſoſtant, nous nous étions un peu écartées de la foule, & nous nous ſoutenions l'une & l'autre de crainte de tomber. Déterville étoit quelques pas devant nous avec ſa belle-ſœur qu'il conduiſoit, lorſqu'un jeune Sauvage d'une figure aimable aborda Céline, lui dit quelques mots fort bas, lui laiſſa un morceau de papier qu'à peine elle eut la force de recevoir, & s'éloigna.

Céline qui s'étoit effrayée à ſon abord juſqu'à me faire partager le tremblement qui la ſaiſit, tourna
la

la tête languiffamment vers lui
lorfqu'il nous quitta. Elle me
parut fi foible , que la croyant
attaquée d'un mal fubit , j'allois
appeller Déterville pour la fecou-
rir ; mais elle m'arrêta & m'im-
pofa filence en me mettant un de
fes doigts fur la bouche ; j'aimai
mieux garder mon inquiétude ,
que de lui défobéir.

Le même foir quand le frère
& la fœur fe furent rendus dans
ma chambre , Céline montra au
Cacique lê papier qu'elle avoit
reçû ; fur le peu que je devinai
de leur entretien , j'aurois penfé
qu'elle aimoit le jeune homme
qui le lui avoit donné , s'il étoit

N 3   poffible

possible que l'on s'effrayât de la présence de ce qu'on aime.

Je pourrois encore, mon cher Aza, te faire part de beaucoup d'autres remarques que j'ai faites ; mais hélas ! je vois la fin de mes cordons, j'en touche les derniers fils, j'en noue les derniers nœuds ; ces nœuds qui me sembloient être une chaîne de communication de mon cœur au tien, ne sont déja plus que les tristes objets de mes regrets. L'illusion me quitte, l'affreuse vérité prend sa place, mes pensées errantes, égarées dans le vuide immense de l'absence, s'anéantiront désormais avec la même rapidité

pidité que le tems. Cher Aza, il
me semble que l'on nous sépare
encore une fois, que l'on m'arrache de nouveau à ton amour. Je
te perds, je te quitte, je ne te verrai plus, Aza ! cher espoir de mon
cœur ; que nous allons être éloi-
gnez l'un de l'autre !

LETTRE

LETTRE DIX-HUITIÉME.

COMBIEN de tems effacé de ma vie, mon cher Aza ! Le Soleil a fait la moitié de son cours depuis la dernière fois que j'ai joui du bonheur artificiel que je me faifois en croyant m'entretenir avec toi. Que cette double abfence m'a paru longue ! Quel courage ne m'a-t-il pas fallu pour la fupporter ? Je ne vivois que dans l'avenir, le préfent ne me paroiffoit plus digne d'être compté. Toutes mes penfées n'étoient que des defirs, toutes mes réflexions que des projers, tous mes fentimens que des efpérances.

A

A peine puis-je encore former ces figures, que je me hâte d'en faire les interprêtes de ma tendreffe.

Je me fens ranimer par cette tendre occupation. Rendue à moimême, je crois recommencer à vivre. Aza, que tu m'es cher, que j'ai de joie à te le dire, à le peindre, à donner à ce fentiment toutes les fortes d'exiftences qu'il peut avoir ! Je voudrois le tracer fur le plus dur métal, fur les murs de ma chambre, fur mes habits, fur tout ce qui m'environne, & l'exprimer dans toutes les langues.

Hélas ! que la connoiffance de celle dont je me fers à préfent m'a m'a été funeste , que l'espérance qui m'a portée à m'en instruire, étoit trompeuse ! A mesure que j'en ai acquis l'intelligence , un nouvel univers s'est offert à mes yeux. Les objets ont pris une autre forme , chaque éclaircissement m'a découvert un nouveau malheur.

Mon esprit , mon cœur, mes yeux, tout m'a séduit , le Soleil même m'a trompée. Il éclaire le monde entier dont ton empire n'occupe qu'une portion , ainsi que bien d'autres Royaumes qui le composent. Ne crois pas, mon cher Aza, que l'on m'ait abusée sur ces faits incroyables : on ne me les a que trop prouvés.

Loin

Loin d'être parmi des peuples foumis à ton obéiffance , je fuis non feulement fous une Domination Etrangére , éloignée de ton Empire par une diftance fi prodigieufe , que notre nation y feroit encore ignorée , fi la cupidité des Efpagnols ne leur avoit fait furmonter des dangers affreux pour pénétrer jufqu'à nous.

L'amour ne fera-t-il pas ce que la foif des richeffes a pû faire ? Si tu m'aimes , fi tu me defires , fi feulement tu penfes encore à la malheureufe Zilia , je dois tout attendre de ta tendreffe ou de ta générofité. Que l'on m'enfeigne les chemins qui peuvent

vent me conduire jufqu'à toi
les périls à furmonter , les fati
gues à fupporter feront des pla
firs pour mon cœur.

LETTRE DIX-NEUVIÉME.

JE suis encore si peu habile
dans l'art d'écrire , mon cher
Aza , qu'il me faut un tems infini pour former très - peu de li-
gnes. Il arrive souvent qu'après
avoir beaucoup écrit , je ne puis
deviner moi-même ce que j'ai cru
exprimer. Cet embarras brouille
mes idées, me fait oublier ce que
j'ai retracé avec peine à mon souvenir; je recommence, je ne fais
pas mieux, & cependant je continue.

J'y trouverois plus de facilité,
si je n'avois à te peindre que les
expressions

expreffions de ma tendreffe ; la vivacité de mes fentimens applaniroit toutes les difficultés.

Mais je voudrois auffi te rendre compte de tout ce qui s'eft paffé pendant l'intervalle de mon filence. Je voudrois que tu n'ignoraffes aucune de mes actions ; néanmoins elles font depuis long tems fi peu intéreffantes , & fi peu uniformes , qu'il me feroit impoffible de les diftinguer les unes des autres.

Le principal événement de ma vie a été le départ de Déterville.

Depuis un efpace de tems que l'on nomme *fix mois*, il eft allé faire la Guerre pour les intérêts de fon Souverain. Lorfqu'il partit

tít , j'ignorois encore l'ufage de
fa langue ; cependant à la vive
douleur qu'il fit paroître en fe
féparant de fa fœur & de moi ,
je compris que nous le perdions
pour long-tems.

J'en verfai bien des larmes ;
mille craintes remplirent mon
cœur , que les bontés de Céline
ne purent effacer. Je perdois en
lui la plus folide efpérance de te
revoir. A qui pourrois-je avoir ré-
cours, s'il m'arrivoit de nouveaux
malheurs? Je n'étois entendue de
perfonne.

Je ne tardai pas à reffentir les
effets de cette abfence. Madame
fa mere, dont je n'avois que trop
deviné le dédain (& qui ne m'a-
voit

voit tant retenue dans fa chambre,
que par je ne fçais quelle vanité
qu'elle tiroit, dit-on, de ma naiffance & du pouvoir qu'elle a fur
moi) me fit enfermer avec Céline
dans une maifon de Vierges, où
nous fommes encore. La vie que
l'on y mene eft fi uniforme, qu'elle
ne peut produire que des événemens peu confidérables.

Cette retraite ne me déplairoit
pas, fi au moment où je fuis en
état de tout entendre, elle ne me
privoit des inftructions dont j'ai
befoin fur le deffein que je forme
d'aller te rejoindre. Les Vierges
qui l'habitent font d'une ignorance fi profonde, qu'elles ne peuvent fatisfaire à mes moindres cu-
riofités.   Le

Le culte qu'elles rendent à la
Divinité du pays, éxige qu'elles
renoncent à tous ses bienfaits, aux
connoissances de l'esprit, aux sentimens du cœur, & je crois même à
la raison, du moins leur discours le
fait-il penser.

Enfermées comme les nôtres,
elles ont un avantage que l'on n'a
pas dans les Temples du Soleil :
ici les murs ouverts en quelques
endroits, & seulement fermés par
des morceaux de fer croisés, assez
près l'un de l'autre, pour empêcher de sortir, laissent la liberté
de voir & d'entretenir les gens du
dehors, c'est ce qu'on appelle des
Parloirs.

C'est à la faveur d'un de cette

O   commo-

commodité, que je continue à prendre des leçons d'écriture. Je ne parle qu'au maître qui me les donne; son ignorance à tous autres égards qu'à celui de son art, ne peut me tirer de la mienne. Céline ne me paroît pas mieux instruite; je remarque dans les réponses qu'elle fait à mes questions, un certain embarras qui ne peut partir que d'une dissimulation maladroite ou d'une ignorance honteuse. Quoi qu'il en soit, son entretien est toujours borné aux intérêts de son cœur & à ceux de sa famille.

Le jeune François qui lui parla un jour en sortant du Spectacle, où l'on chante, est son Amant,

comme

comme j'avois cru le deviner.

Mais Madame Déterville, qui ne veut pas les unir, lui défend de le voir, & pour l'en empêcher plus furement, elle ne veut pas même qu'elle parle à qui que ce foit.

Ce n'eſt pas que ſon choix ſoit indigne d'elle, c'eſt que cette mere glorieuſe & dénaturée, profite d'un uſage barbare, établi parmi les Grands Seigneurs de ce pays, pour obliger Céline à prendre l'habit de Vierge, afin de rendre ſon fils aîné plus riche.

Par le même motif, elle a déja obligé Déterville à choiſir un certain Ordre, dont il ne pourra plus ſortir, dès qu'il aura prononcé

O 2   des

des paroles que l'on appelle *Vœux.*

Céline réfiste de tout fon pouvoir au facrifice que l'on éxige d'elle ; fon courage eft foutenu par des Lettres de fon Amant, que je reçois de mon Maître à écrire, & que je lui rends ; cependant fon chagrin apporte tant d'altération dans fon caractère, que loin d'axoir pour moi les mêmes bontés qu'elle avoit avant que je parlaffe fa langue ; elle répand fur notre commerce une amertume qui aigrit mes peines.

Confidente perpétuelle des fiennes, je l'écoute fans ennui, je la plains fans éffort ; je la confole avec amitié ; & fi ma tendreffe réveillée par la peinture de la fienne, me

me fait chercher à foulager l'op=
preſſion de mon cœur, en prononçant feulement ton nom, l'impatience & le mépris ſe peignent
fur ſon viſage, elle me conteſte
ton eſprit, tes vertus, & juſqu'à
ton amour.

Ma China même (je ne lui ſçai
point d'autre nom, celui-là a paru
plaiſant ; on le lui a laiſſé) ma China, qui ſembloit m'aimer, qui m'o-
béit en toutes autres occaſions, ſe
donne la hardieſſe de m'exhorter à
ne plus penfer à toi, ou ſi je lui
impoſe ſilence, elle ſort : Céline arrive, il faut renfermer mon
chagrin.

Cette contrainte tirannique met
le comble à mes maux. Il ne me
reſte

reſte que la ſeule & penible ſatisfaction de couvrir ce papier des expreſſions de ma tendreſſe, puiſqu'il
eſt le ſeul témoin docile des ſentimens de mon cœur.

Hélas ! je prends peut-être des
peines inutiles, peut-être ne ſauras-
tu jamais que je n'ai vêcu que pour
toi. Cette horrible penſée affoiblir
mon courage, ſans rompre le deſſein que j'ai de continuer à t'écrire.
Je conſerve mon illuſion pour ce
conſerver ma vie, j'écarte la raiſon
barbare qui voudroit m'éclairer : ſi
je n'eſpérois te revoir, je périrois,
mon cher Aza, j'en ſuis certaine ;
ſans toi la vie m'eſt un ſupplice.

LETTRE

LETTRE VINGTIÉME.

JUſqu'ici, mon cher Aza, toute occupée des peines de mon
cœur, je ne t'ai point parlé de celles
de mon eſprit ; cependant elles ne
ſont guéres moins cruelles. J'en
éprouve une d'un genre inconnu
parmi nous, & que le génie incon-
ſéquent de cette nation pouvoit
ſeul inventer.

Le gouvernement de cet Empire, entiérement oppoſé à celui
du tien, ne peut manquer d'être
defectueux. Au lieu que le *Capa-
inca* eſt obligé de pourvoir à la
ſubſiſtance de ſes peuples, en Europe

rope les Soûverains ne tirent la leur
que des travaux de leurs sujets ; auffi
les crimes & les malheurs viennent-
ils prefque tous des befoins mal-
fatisfaits.

Les malheurs des Nobles en général naît des difficultés qu'ils
trouvent à concilier leur magnificence apparente avec leur mifère
réelle.

Le commun des hommes ne
foutient fon état que par ce qu'on
appelle commerce, ou induftrie,
la mauvaife foi eft le moindre des
crimes qui en réfultent.

Une partie du peuple eft obligée pour vivre, de s'en rapporter
à l'humanité des autres, elle eft fi
bornée, qu'à peine ces malheureux
ont-

ont-ils suffisamment pour s'y empêcher de mourir.

Sans avoir de l'or, il est impossible d'acquérir une portion de cette terre que la nature a donnée à tous les hommes. Sans posséder ce qu'on appelle du bien, il est impossible d'avoir de l'or, & par une inconséquence qui blesse les lumières naturelles, & qui impatiente la raison, cette nation insensée attache de la honte à recevoir de tout autre que du Souverain, ce qui est nécessaire au soutien de sa vie & de son état: ce Souverain répand ses libéralités sur un si petit nombre de ses sujets, en comparaison de la quantité des malheureux, qu'il y auroit

P   autant

autant de folie à prétendre y avoir
part, que d'ignominie à se délivrer par la mort de l'impossibilité
de vivre sans honte.

La connoissance de ces tristes
vérités n'excita d'abord dans mon
cœur que de la pitié pour les mi-
sérables, & de l'indignation contre
les Loix. Mais hélas! que la maniere
méprisante dont j'entendis parler
de ceux qui ne sont pas riches,
me fit faire de cruelles réflexions
sur moi-même ! je n'ai ni or, ni
terres, ni adresse ; je fais nécef-
fairement partie des citoyens de
cette ville. O ciel ! dans quelle
classe dois-je me ranger?

Quoique tout sentiment de
honte qui ne vient pas d'une faute

commise

commife me foit étranger, quoique je fente combien il eft infenfé d'en recevoir par des caufes indépendantes de mon pouvoir ou de ma volonté , je ne puis me défendre de fouffrir de l'idée que les autres ont de moi : cette peine me feroit infuportable, fi je n'efpérois qu'un jour ta générofité me mettra en état de récompenfer ceux qui m'humilient malgré moi par des bienfaits dont je me croiois honorée.

Ce n'eft pas que Céline ne mette tout en œuvre pour calmer mes inquiétudes à cet égard ; mais ce que je vois , ce que j'apprends des gens de ce pays me donne en général de la défiance de leurs

paroles ;

paroles ; leurs vertus , mon cher
Aza , n'ont pas plus de réalité
que leurs richeffes. Les meubles
que je croiois d'or, n'en ont que
la fuperficie , leur véritable fub-
ftance eft de bois ; de même ce
qu'ils appellent politeffe a tous les
dehors de la vertu , & cache lé-
gèrement leurs défauts ; mais avec
un peu d'attention , on en découvre auffi aifément l'artifice que
celui de leurs fauffes richeffes.

Je dois une partie de ces con-
noiffances à une forte d'écriture
que l'on appelle *Livre* ; quoique
je trouve encore beaucoup de difficultés à comprendre ce qu'ils
contiennent , ils me font fort utiles, j'en tire des notions, Céline
m'explique

m'explique ce qu'elle en sçait, &
j'en compose des idées que je crois
justes.

Quelques - uns de ces Livres
apprennent ce que les hommes
ont fait, & d'autres ce qu'ils ont
pensé. Je ne puis t'exprimer, mon
cher Aza, l'excellence du plaisir
que je trouverois à les lire, si je
les entendois mieux, ni le desir
extrême que j'ai de connoître
quelques - uns des hommes divins
qui les composent. Puisqu'ils sont
à l'ame ce que le Soleil est à la
terre, je trouverois avec eux toutes les lumières, tous les secours
dont j'ai besoin, mais je ne vois
nul espoir d'avoir jamais cette satisfaction. Quoique Céline lise
assez

affez fouvent, elle n'eft pas affez
inftruite pour me fatisfaire ; à
peine avoit-elle penfé que les Livres fuffent faits par les hommes,
elle ignore leurs noms, & même
s'ils vivent.

Je te porterai, mon cher Aza,
tout ce que je pourrai amaffer de
ces merveilleux ouvrages, je te
les expliquerai dans notre langue,
je goûterai la fuprême félicité de
donner un plaifir nouveau à ce que
j'aime.

Hélas ! le pourrai-je jamais ?

LETTRE VINGT-UNIÉME.

JE ne manquerai plus de matière pour t'entretenir, mon cher Aza ; on m'a fait parler à un *Cusipata* que l'on nomme ici *Religieux*, instruit de tout, il m'a promis de ne me rien laisser ignorer. Poli comme un Grand Seigneur, sçavant comme un *Amatas*, il sçait aussi parfaitement les usages du monde que les dogmes de sa Religion. Son entretien plus utile qu'un Livre, m'a donné une satisfaction que je n'avois pas goutée depuis que mes malheurs m'ont séparée de toi.

P 4   Il

Il venoit pour m'inftruire de la
Religion de France, & m'exhorter à l'embraffer ; je le ferois volontiers, fi j'étois bien affurée
qu'il m'en eût fait une peinture
véritable.

De la façon dont il m'a parlé
des vertus qu'elle prefcrit, elles
font tirées de la Loi naturelle, &
en vérité auffi pures que les nôtres ; mais je n'ai pas l'efprit affez
fubtil pour appercevoir le rapport
que devroient avoir avec elle les
mœurs & les ufages de la nation,
j'y trouve au contraire une inconféquence fi remarquable, que ma
raifon refufe abfolument de s'y
prêter.

A l'égard de l'origine & des
principes

principes de cette Religion , ils ne m'ont paru ni plus incroyables , ni plus incompatibles avec le bon fens , que l'hiftoire de *Mancocapa* & du marais *Tificaca* , * ainfi je les adopterois de même , fi le *Cufipata* n'eût indignement méprifé le culte que nous rendons au Soleil ; toute partialité détruit la confiance.

J'aurois pû appliquer à fes raifonnemens ce qu'il oppofoit aux miens : mais fi les loix de l'humanité défendent de frapper fon femblable , parce que c'eft lui faire un mal , à plus forte raifon ne doit-on pas bleffer fon ame par le

* Voyez l'Hiftoire des Incas.

le mépris de ſes opinions. Je me contentai de lui expliquer mes ſentimens ſans contrarier les ſiens.

D'ailleurs un intérêt plus cher me preſſoit de changer le ſujet de notre entretien : je l'interrompis dès qu'il me fut poſſible , pour faire des queſtions ſur l'éloignement de la ville de Paris à celle de *Cozco*, & ſur la poſſibilité d'en faire le trajet. Le *Cuſipata* y ſatisfit avec bonté , & quoiqu'il me déſignât la diſtance de ces deux Villes d'une façon déſeſpérante , quoiqu'il me fît regarder comme inſurmontable la difficulté d'en faire le voyage , il me ſuffit de ſçavoir que la choſe étoit poſſible pour affermir mon courage , & me

donner

donner la confiance de communiquer mon deffein au bon Religieux.

Il en parut étonné, il s'efforça
de me détourner d'une telle entreprife avec des mots fi doux,
qu'il m'attendrit moi - même fur
les périls auxquels je m'expoferois;
cependant ma réfolution n'en fut
point ébranlée, je priai le *Cufipata*
avec les plus vives inftances de
m'enfeigner les moyens de retourner dans ma patrie. Il ne voulut
entrer dans aucun détail, il me dit
feulement que Déterville par fa
haute naiffance & par fon mérite
perfonnel, étant dans une grande
confidération, pourroit tout ce
qu'il

qu'il voudroit , & qu'ayant un
Oncle tout puiffant à la Cour
d'Efpagne , il pouvoit plus aifément que perfonne me procurer
des nouvelles de nos malheureufes contrées.

Pour achever de me déterminer à attendre fon retour (qu'il
m'affura être prochain) il ajouta
qu'après les obligations que j'a-
vois à ce généreux ami , je ne
pouvois avec honneur difpofer de
moi fans fon confentement. J'en
tombai d'accord , & j'écoutai avec
plaifir l'éloge qu'il me fit des rares qualités qui diftinguent Déterville des perfonnes de fon rang.
Le poids de la reconnoiffance eft
bien léger , mon cher Aza , quand

on

on ne le reçoit que des mains de la vertu.

Le savant homme m'apprit aussi comment le hazard avoit conduit les Espagnols jusqu'à ton malheureux Empire, & que la soif de l'or étoit la seule cause de leur cruauté. Il m'expliqua ensuite de quelle façon le droit de la guerre m'avoit fait tomber entre les mains de Déterville par un combat dont il étoit sorti victorieux, après avoir pris plusieurs Vaisseaux aux Espagnols, entre lesquels étoit celui qui me portoit.

Enfin, mon cher Aza, s'il a confirmé mes malheurs, il m'a du moins tirée de la cruelle obscurité où je vivois sur tant d'événe-

mens

mens funestes, & ce n'est pas un petit soulagement à mes peines, j'attens le reste du retour de Déterville ; il est humain , noble , vertueux , je dois compter sur sa générosité. S'il me rend à toi, Quel bienfait ! Quelle joie ! Quel bonheur !

LETTRE

LETTRE VINGT-DEUX.

J'Avois compté, mon cher Aza, me faire un ami du Savant *Cufipata*, mais une seconde visite qu'il m'a faite a détruit la bonne opinion que j'avois prise de lui, dans la premiere ; nous sommes déja brouillés.

Si d'abord il m'avoit paru doux & sincère, cette fois je n'ai trouvé que de la rudesse & de la fausseté dans tout ce qu'il m'a dit.

L'Esprit tranquile sur les intérêt de ma tendresse, je voulus satisfaire ma curiosité sur les hommes

mes merveilleux qui font des Livres ; je commençai par m'infor-
mer du rang qu'ils tiennent dans
le monde , de la vénération que
l'on a pour eux ; enfin des honneurs ou des triomphes qu'on leur
décerne pour tant de bienfaits qu'ils
répandent dans la société.

Je ne fçais ce que le *Cufipata*
trouva de plaifant dans mes queftions , mais il fourit à chacune,
& n'y répondit que par des difcours fi peu mefurés , qu'il ne me
fut pas difficile de voir qu'il me
trompoit.

En effet , dois-je croire que des
gens qui connoiffent & qui peignent fi bien les fubtiles délica-
teffes de la vertu , n'en ayent pas
plus

plus dans le cœur que le commun
des hommes, & quelquefois moins ?
Croirai-je que l'intérêt soit le guide
d'un travail plus qu'humain, & que
tant de peines ne sont récompensées
que par des railleries ou par de
l'argent ?

Pouvois-je me persuader que
chez une nation si fastueuse, des
hommes, sans contredit au-dessus
des autres, par les lumières de leur
esprit, fussent réduits à la triste nécessité de vendre leurs pensées ;
comme le peuple vend pour vivre les plus viles productions de la
terre ?

La fausseté, mon cher Aza, ne
me déplaît guères moins sous le
masque transparent de la plaisan-

Q   terie ;

terie, que fous le voile épais de
la féduction, celle du Religieux
m'indigna, & je ne daignai pas y
répondre.

Ne pouvant me fatisfaire à cet
égard, je remis la converfation
fur le projet de mon voyage, mais
au lieu de m'en détourner avec la
même douceur que la premiere
fois, il m'oppofa des raifonnemens fi forts & fi convainquans,
que je ne trouvai que ma tendreffe
pour toi qui pût les combattre,
je ne balançai pas à lui en faire
l'aveu.

D'abord il prit une mine gaye,
& paroiffant douter de la vérité
de mes paroles, il ne me répondit que par des railleries, qui
toutes

toutes infipides qu'elles étoient,
ne laissérent pas de m'offenser ; je
m'efforçai de le convaincre de la
vérité, mais à mesure que les expreffions de mon cœur en prou-
voient les fentimens , fon vifage
& fes paroles devinrent févères ;
il ofa me dire que mon amour pour
toi étoit incompatible avec la vertu , qu'il falloit renoncer à l'une ou
à l'autre, enfin que je ne pouvois
t'aimer fans crime.

A ces paroles infenfées , la plus
vive colere s'empara de mon ame ,
j'oubliai la modération que je m'é-
tois prefcrite , je l'accablai de
reproches , je lui appris ce que je
penfois de la fauffeté de fes paroles , je lui proteftai mille fois

Q 2   de

de t'aimer toujours, & sans atten=
dre ses excuses, je le quittai, & je
courus m'enfermer dans ma cham=
bre, où j'étois sûre qu'il ne pourroit
me suivre.

O mon cher Aza; que la raison de ce pays est bizarre ! toujours en contradiction avec elle-
même, je ne sçais comment on
pourroit obéir à quelques-uns de
ses préceptes sans en choquer une
infinité d'autres.

Elle convient en général que
la premiere des vertus est de faire
du bien ; elle approuve la reconnoissance, & elle prescrit l'ingratitude.

Je serois louable si je te réta=
blissois sur le Trône de tes peres;

je

je fuis criminelle en te conſervant un bien plus précieux que les Empires du monde.

On m'approuveroit ſi je récompenſois tes bienfaits par les tréſors du Perou. Dépourvue de tout, dépendante de tout, je ne poſſede que ma tendreſſe, on veut que je te la raviſſe, il faut être ingrate pour avoir de la vertu. Ah mon cher Aza ! je les trahirois toutes, ſi je ceſſois un moment de t'aimer. Fidelle à leurs Loix, je le ſerai à mon amour, je ne vivrai que pour toi.

LETTRE

LETTRE VINGT-TROIS.

JE crois, mon cher Aza, qu'il n'y a que la joie de te voir qui pourroit l'emporter sur celle que m'a caufé le retour de Déterville ; mais comme s'il ne m'étoit plus permis d'en goûter fans mélange, elle a été bientôt fuivie d'une triftefſe qui dure encore.

Céline étoit hier matin dans ma chambre quand on vint miftérieufement l'appeller, il n'y avoit pas longtems qu'elle m'avoit quittée, lorfqu'elle me fit dire de me rendre au Parloir ; j'y courus :

Quelle

Quelle fut ma furprife d'y trouver fon frere avec elle !

Je ne diffimulai point le plaifir que j'eus de le voir, je lui dois de l'eftime & de l'amitié ; ces fentimens font prefque des vertus, je les exprimai avec autant de vérité que je les fentois.

Je voyois mon Libérateur, le feul appui de mes efpérances ; j'allois parler fans contrainte de toi, de ma tendreffe, de mes deffeins, ma joie alloit jufqu'au tranf-port.

Je ne parlois pas encore françois lorfque Déterville partit ; combien de chofes n'avois-je pas à lui apprendre? combien d'éclairciffemens à lui demander, com-

bien

bien de reconnoiffances à lui témoigner ? Je voulois tout dire à la
fois, je difois mal, & cependant
je parlois beaucoup.

Je m'apperçus que pendant ce
tems-là Déterville changeoit de
vifage ; une trifteffe que j'y avois
remarquée en entrant, fe diffi-
poit; la joie prenoit fa place, je
m'en applaudiffois, elle m'animoit
à l'exciter encore. Hélas ! devois-
je craindre d'en donner trop à un
ami à qui je dois tout, & de qui
j'attens tout ! cependant ma fince-
rité le jetta dans une erreur qui
me coûte à préfent bien des larmes.

Céline étoit fortie en même-
tems que j'étois entrée, peut-être

sa présence auroit-elle épargné une explication si cruelle.

Déterville attentif à mes paroles, paroissoit se plaire à les entendre sans songer à m'interrompre : je ne sçais quel trouble me saisit, lorsque je voulus lui demander des instructions sur mon voyage, & lui en expliquer le motif ; mais les expressions me manquèrent, je les cherchois ; il profita d'un moment de silence, & mettant un genouil en terre devant la grille à laquelle les deux mains étoient attachées, il me dit d'une voix émue, A quel sentiment, divine Zilia, dois-je attribuer le plaisir que je vois aussi naïvement exprimé dans vos beaux

R   yeux

yeux que dans vos discours ?
Suis-je le plus heureux des hommes au moment même où ma sœur
vient de me faire entendre que
j'étois le plus à plaindre ? Je ne
sçais, lui répondis-je, quel chagrin Céline a pû vous donner ;
mais je suis bien assurée que vous
n'en recevrez jamais de ma part.
Cependant, répliqua-t-il, elle m'a
dit que je ne devois pas espérer
d'être aimé de vous. Moi ! m'é-
criai-je, en l'interrompant, moi je
ne vous aime point !

Ah, Déterville ! comment votre
sœur peut-elle me noircir d'un tel
crime ? L'ingratitude me fait horreur, je me haïrois moi-même si je
croiois pouvoir cesser de vous aimer,

Pendant

Pendant que je prononçois ce peu de mots, il sembloit à l'avidité de ses regards qu'il vouloit lire dans mon ame.

Vous m'aimez, Zilia, me dit-il, vous m'aimez, & vous me le dites! Je donnerois ma vie pour entendre ce charmant aveu; hélas! je ne puis le croire, lors même que je l'entends. Zilia, ma chere Zilia, est-il bien vrai que vous m'aimez? ne vous trompez-vous pas vous-même? votre ton, vos yeux, mon cœur, tout me séduit. Peut-être n'est-ce que pour me replonger plus cruellement dans le désespoir dont je sors.

Vous m'étonnez, repris-je; d'où naît votre défiance? Depuis

que je vous connois ; si je n'ai pû
me faire entendre par des paroles, toutes mes actions n'ont-elles
pas dû vous prouver que je vous
aime ? Non , répliqua-t-il , je ne
puis encore me flatter , vous ne parlez pas assez bien le françois pour
détruire mes justes craintes ; vous
ne cherchez point à me tromper ;
je le sçais. Mais expliquez - moi
quel sens vous attachez à ces mots
adorables, *Je vous aime.* Que mon
sort soit décidé , que je meure à
vos pieds , de douleur ou de plaisir.

Ces mots , lui dis-je (un peu
intimidée par la vivacité avec laquelle il prononça ces dernieres
paroles) ces mots doivent , je
                                crois ,

crois, vous faire entendre que vous
m'êtes cher, que votre fort m'intéresse, que l'amitié & la reconnoif-
sance m'attachent à vous ; ces fentimens plaisent à mon cœur, &
doivent satisfaire le vôtre.

Ah, Zilia! me répondit-il, que
vos termes s'affoiblissent, que votre ton se refroidit ! Céline m'auroit-elle dit la verité ? N'est-ce
point pour Aza que vous sentez
tout ce que vous dites ? Non, lui
dis-je, le sentiment que j'ai pour
Aza est tout différent de ceux que
j'ai pour vous, c'est ce que vous
appellez l'amour . . . .
Quelle peine cela peut-il vous
faire, ajoutai-je (en le voyant
pâlir, abandonner la grille, & jet-

R 3   ter

ter au ciel des regards remplis de
douleur) j'ai de l'amour pour Aza,
parce qu'il en a pour moi , & que
nous devions être unis. Il n'y a
là-dedans nul rapport avec vous.
Les mêmes, s'écria-t-il , que vous
trouvez entre vous & lui , puisque
j'ai mille fois plus d'amour qu'il
n'en reſſentit jamais.

Comment cela se pourroit-il ;
repris-je ? vous n'êtes point de ma
nation ; loin que vous m'ayez
choiſie pour votre épouſe , le hazard ſeul nous a joints , & ce n'eſt
même que d'aujourd'hui que nous
pouvons librement nous communiquer nos idées. Par quelle raiſon
auriez-vous pour moi les ſentimens
dont vous parlez ?

En

En faut-il d'autres que vos charmes & mon caractère, me répliqua-t-il, pour m'attacher à vous jusqu'à la mort? né tendre, pareffeux, ennemi de l'artifice, les peines qu'il auroit fallu me donner pour pénétrer le cœur des femmes, & la crainte de n'y pas trouver la franchife que j'y defirois, ne m'ont laiffé pour elles qu'un goût vague ou paffager; j'ai vécu fans paffion jufqu'au moment où je vous ai vue; votre beauté me frappa, mais fon impreffion auroit peut-être été auffi légère que celle de beaucoup d'autres, fi la douceur & la naïveté de votre caractère ne m'avoient préfenté l'objet que mon

R 4   imagi-

imagination m'avoit si souvent composé. Vous sçavez, Zilia, si je l'ai respecté cet objet de mon adoration ? Que ne m'en a-t-il pas couté pour résister aux occasions séduisantes que m'offroit la familiarité d'une longue navigation. Combien de fois votre innocence vous auroit-elle livrée à mes transports, si je les eusse écoutés ? Mais loin de vous offenser, j'ai poussé la discrétion jusqu'au silence ; j'ai même exigé de ma sœur, qu'elle ne vous parleroit pas de mon amour ; je n'ai rien voulu devoir qu'à vous-même. Ah, Zilia ! si vous n'êtes point touchée d'un respect si tendre, je vous fuirai ; mais je le sens, ma mort sera le prix du sacrifice.

Votre

Votre mort ! m'écriai-je (pe-
netrée de la douleur sincère dont
je le voyois accablé) hélas ! quel
sacrifice ! Je ne sçais si celui de
ma vie ne me seroit pas moins affreux.

Eh bien , Zilia , me dit-il , si
ma vie vous est chere , ordonnez
donc que je vive ? Que faut - il
faire ? lui dis-je. M'aimer , répondit-il , comme vous aimiez Aza.
Je l'aime toujours de même , lui
répliquai-je , & je l'aimerai jusqu'à la mort : je ne sçais , ajoutai-je , si vos Loix vous permet-
tent d'aimer deux objets de la
même maniere , mais nos usages
& mon cœur nous le défendent.
Contentez - vous des sentimens
que

que je vous promets , je ne puis en
avoir d'autres, la vérité m'est chère ,
je vous la dis sans détour.

De quel sang froid vous m'assas-
sinez, s'écria-t-il ! Ah Zilia ! que je
vous aime , puisque j'adore jusqu'à
votre cruelle franchise. Eh bien ,
continua-t-il après avoir gardé
quelques momens le silence , mon
amour surpassera votre cruauté.
Votre bonheur m'est plus cher que
le mien. Parlez-moi avec cette
sincérité qui me déchire sans ménagement. Quelle est votre espérance sur l'amour que vous conser-
vez pour Aza ?

Hélas ! lui dis-je , je n'en ai
qu'en vous seul. Je lui expliquai
ensuite comment j'avois appris que
la

la communication aux Indes n'é-
toit pas impoſſible ; je lui dis que
je m'étois flattée qu'il me procure-
roit les moyens d'y retourner, ou
tout au moins, qu'il auroit aſſez de
bonté pour faire paſſer juſqu'à toi
des nœuds qui t'inſtruiroient de
mon ſort, & pour m'en faire avoir
les réponſes, afin qu'inſtruite de ta
deſtinée, elle ſerve de régle à la
mienne.

Je vais prendre, me dit-il,
(avec un ſang froid affecté) les
meſures néceſſaires pour découvrir
le ſort de votre Amant, vous ſerez
ſatisfaite à cet égard ; cependant
vous vous flateriez en vain de revoir l'heureux Aza, des obſtacles
invincibles vous ſéparent.

Ces

Ces mots, mon cher Aza, furent un coup mortel pour mon cœur, mes larmes coulerent en abondance, elles m'empêcherent long-tems de répondre à Déterville, qui de son côté gardoit un morne silence. Eh bien, lui dis-je enfin, je ne le verrai plus, mais je n'en vivrai pas moins pour lui : si votre amitié est assez généreuse pour nous procurer quelque correspondance, cette satisfaction suffira pour me rendre la vie moins insupportable, & je mourrai contente, pourvû que vous me promettiez de lui faire savoir que je suis morte en l'aimant.

Ah ! c'en est trop, s'écria-t-il, en se levant brusquement : oui, s'il

s'il est possible. Je serai le seul
malheureux. Vous connoîtrez ce
cœur que vous dédaignez ; vous
verrez de quels efforts est capable
un amour tel que le mien , & je
vous forcerai au moins à me plaindre. En disant ces mots , il sortit
& me laissa dans un état que je ne
comprends pas encore ; j'étois de-
meurée debout , les yeux attachez
sur la porte par où Déterville venoit de sortir , abîmée dans une
confusion de pensées que je ne
cherchois pas même à démêler :
j'y serois restée long-tems, si Céline ne fût entrée dans le Parloir.

Elle me demanda vivement
pourquoi Déterville étoit sorti
si-tôt. Je ne lui cachai pas ce qui
s'étoit

s'étoit passé entre nous. D'abord elle s'affligea de ce qu'elle appelloit le malheur de son frère. Ensuite tournant sa douleur en colere ; elle m'accabla des plus durs reproches, sans que j'olasse y oppofer un seul mot. Qu'aurois-je pû lui dire ? mon trouble me laissoit à peine la liberté de penser ; je fortis ; elle ne me suivit point. Retirée dans ma chambre, j'y suis reftée un jour sans ofer paroître ; fans avoir eu de nouvelles de perfonne, & dans un défordre d'efprit qui ne me permettroit pas même de t'écrire.

La colere de Céline, le défefpoir de fon frère, fes dernieres paroles aux quelles je voudrois &

je

je n'ose donner un sens favorable ;
livrerent mon ame tour à tour aux
plus cruelles inquiétudes.

J'ai cru enfin que le seul moyen
de les adoucir étoit de te les peindre , de t'en faire part , de chercher dans ta tendresse les conseils
dont j'ai besoin ; cette erreur m'a
soutenue pendant que j'écrivois ;
mais qu'elle a peu duré ! Ma lettre est écrite , & les caracteres ne
sont tracés que pour moi.

Tu ignores ce que je souffre ;
tu ne sçais pas même si j'éxiste ;
si je t'aime. Aza , mon cher Aza ,
ne le sçauras-tu jamais !

LETTRE

LETTRE VINGT-QUATRE.

JE pourrois encore appeller une absence le tems qui s'est écoulé, mon cher Aza, depuis la derniere fois que je t'ai écrit.

Quelques jours après l'entretien que j'eus avec Déterville, je tombai dans une maladie, que l'on nomme la *fiévre*. Si (comme je le crois) elle a été causée par les passions douloureuses qui m'agiterent alors, je ne doute pas qu'elle n'ait été prolongée par les tristes réflexions dont je suis occupée, & par le regret d'avoir perdu l'amitié de Céline.

Quoi-

Quoiqu'elle ait paru s'intéresser à ma maladie, qu'elle m'ait rendu tous les soins qui dépendoient d'elle, c'étoit d'un air si froid, elle a eu si peu de ménagement pour mon ame, que je ne puis douter de l'altération de ses sentimens. L'extrême amitié qu'elle a pour son frère l'indispose contre moi, elle me reproche sans cesse de le rendre malheureux; la honte de paroître ingrate m'intimide, les bontés affectées de Céline me gênent, mon embarras la contraint, la douceur & l'agrément sont bannis de notre commerce.

Malgré tant de contrariété & de peine de la part du frère & de

S   la

a sœur, je ne suis pas insensible aux événemens qui changent leurs destinées.

Madame Déterville est morte. Cette mere dénaturée n'a point démenti son caractère, elle a donné tout son bien à son fils aîné. On espére que les gens de Loi empêcheront l'effet de cette injustice. Déterville désintéressé par lui-même, se donne des peines infinies pour tirer Céline de l'oppression. Il semble que son malheur redouble son amitié pour elle; outre qu'il vient la voir tous les jours, il lui écrit soir & matin; ses Lettres sont remplies de si tendres plaintes contre moi, de si vives inquiétudes sur ma santé,

que

que quoique Céline affecte, en me les lifant, de ne vouloir que m'inftruire du progrès de leurs affaires, je démêle aifément le motif du prétexte.

Je ne doute pas que Déterville ne les écrive, afin qu'elles me foient lûes ; néanmoins je fuis perfuadée qu'il s'en abftiendroit, s'ils étoit inftruit des reproches fanglants dont cette lecture eft fuivie. Ils font leur impreffion fur mon cœur. La trifteffe me confume.

Jufqu'ici, au milieu des orages, je jouiffois de la foible fatisfaction de vivre en paix avec moi-même : aucune tache ne fouilloit la pureté de mon ame, aucun

S 2   remords

remords ne la troubloit ; à préfent je ne puis penfer, fans une forte de mépris pour moi-même, que je rends malheureufes deux perfonnes auxquelles je dois la vie ; que je trouble le repos dont elles jouiroient fans moi, que je leur fais tout le mal qui eft en mon pouvoir, & cependant je ne puis ni ne veux ceffer d'être criminelle. Ma tendreffe pour toi triomphe de mes remords. Aza, que je t'aime !

LETTRE VINGT-CINQ.

QUE la prudence est quelquefois nuisible , mon cher Aza ! j'ai resisté long - tems aux puissantes instances que Déterville m'a fait faire de lui accorder un moment d'entretien. Hélas! je fuyois mon bonheur. Enfin , moins par complaisance que par lassitude de disputer avec Céline , je me suis laissée conduire au Parloir. A la vue du changement affreux qui rend Déterville presque méconnoissable , je suis restée interdite ; je me repentois déja de ma démarche , j'attendois , en tremblant,
blant,

blant, les reproches qu'il me paroissoit en droit de me faire. Pouvois-je deviner qu'il alloit combler mon ame de plaisir?

Pardonnez-moi, Zilia, m'a-t-il dit, la violence que je vous fais; je ne vous aurois pas obligée à me voir, si je ne vous apportois autant de joie que vous me causez de douleurs. Est-ce trop éxiger, qu'un moment de votre vue, pour récompense du cruel sacrifice que je vous fais? Et sans me donner le tems de répondre, Voici, continua-t-il, une Lettre de ce parent dont on vous a parlé: en vous apprenant le sort d'Aza, elle vous prouvera mieux que tous mes sermens, quel est

l'excès

l'excès de mon amour, & tout de
suite il m'en fit la lecture. Ah!
mon cher Aza, ai-je pû l'entendre sans mourir de joie? Elle
m'apprend que tes jours sont con-
servés, que tu es libre, que tu vis
sans péril à la Cour d'Espagne.
Quel bonheur inespéré!

Cette admirable Lettre est écrite par un homme qui te connoît,
qui te voit, qui te parle; peut-
être tes regards ont-ils été attachés un moment sur ce précieux
papier? Je ne pouvois en arracher
les miens; je n'ai retenu qu'à peine des cris de joie prêts à m'é-
chaper, les larmes de l'amour inon-
doient mon visage.

Si j'avois suivi les mouvemens
de

de mon cœur, cent fois j'aurois interrompu Déterville pour lui dire tout ce que la reconnoissance m'inspiroit ; mais je n'oubliois point que mon bonheur doit augmenter ses peines ; je lui cachai mes transports, il ne vit que mes larmes.

Eh bien, Zilia, me dit-il, après avoir cessé de lire, j'ai tenu ma parole, vous êtes instruite du sort d'Aza ; si ce n'est point assez, que faut-il faire de plus ? Ordonnez sans contrainte, il n'est rien que vous ne soyez en droit d'éxiger de mon amour, pourvu qu'il contribue à votre bonheur.

Quoique je dusse m'attendre à cet excès de bonté, elle me surprit & me toucha. Je

Je fus quelques momens embaraffée de ma réponfe, je craignois d'irriter la douleur d'un homme fi généreux. Je cherchois des termes qui exprimaffent la vérité de mon cœur fans offenfer la fenfibilité du fien; je ne les trouvois pas, il falloit parler.

Mon bonheur, lui dis-je, ne fera jamais fans mélange, puifque je ne puis concilier les devoirs de l'amour avec ceux de l'amitié; je voudrois regagner la vôtre & celle de Céline, je voudrois ne vous point quitter, admirer fans ceffe vos vertus, payer tous les jours de ma vie le tribut de reconnoiffance que je dois à vos bontés. Je fens qu'en m'éloi-

T　gnant

gnant de deux personnes si cheres, j'emporterai des regrets éternels. Mais.....

Quoi! Zilia, s'écria-t-il, vous voulez nous quitter! Ah! je n'étois point preparé à cette funeste résolution, je manque de courage pour la soutenir. J'en avois assez pour vous voir ici dans les bras de mon Rival. L'effort de ma raison, la délicatesse de mon amour m'avoient affermi contre ce coup mortel; je l'aurois preparé moi-même, mais je ne puis me séparer de vous, je ne puis renoncer à vous voir; non, vous ne partirez point, continua-t-il avec emportement , n'y comptez pas; vous abusez de ma tendresse , vous

déchirez

déchirez fans pitié, un cœur perdu
d'amour. Zilia, cruelle Zilia ;
voyez mon défespoir, c'eft votre
ouvrage. Hélas ! de quel prix
payez-vous l'amour le plus pur !

C'eft vous, lui dis-je (effrayée
de fa réfolution) c'eft vous que
je devrois accufer. Vous flétriffez
mon ame en la forçant d'être ingrate ; vous défolez mon cœur
par une fenfibilité infructueufe.
Au nom de l'amitié, ne terniffez
pas une générofité fans exemple
par un défefpoir qui feroit l'amertume de ma vie fans vous rendre
heureux. Ne condamnez point en
moi le même fentiment que vous
ne pouvez furmonter, ne me forcez pas à me plaindre de vous ;

T 2   laiffezlaiſſez-moi chérir votre nom , le porter au bout du monde , & le faire révérer à des peuples adorateurs de la vertu.

Je ne ſçais comment je prononçai ces paroles , mais Déterville fixant ſes yeux ſur moi, ſembloit ne me point regarder ; renfermé en lui-même , il demeura long-tems dans une profonde méditation ; de mon côté je n'oſois l'interrompre : nous obſervions un égal ſilence , quand il reprit la parole. & me dit avec une eſpéce de tranquillité : Oui , Zilia , je connois , je ſens toute mon injuſtice , mais renonce-t-on de ſang froid à la vue de tant de charmes ! Vous le voulez , vous ſerez obéie.

Quel

Quel facrifice, ô ciel ! Mes triftes jours s'écouleront, finiront fans vous voir. Au moins fi la mort..... N'en parlons plus, ajouta-t-il en s'interrompant ; ma foibleffe me trahiroit, donnez-moi deux jours pour m'affurer de moi-même, je reviendrai vous voir, il eft néceffaire que nous prenions enfemble des mefures pour votre voyage. Adieu, Zilia. Puiffe l'heureux Aza, fentir tout fon bonheur ! En même-tems il fortit.

Je te l'avoue, mon cher Aza, quoique Déterville me foit cher, quoique je fuffe pénétrée de fa douleur, j'avois trop d'impatience de jouir en paix de ma félicité, pour n'être pas bien-aife qu'il fe retirât.   T 3   Qu'il

Qu'il eſt doux, après tant de peines, de s'abandonner à la joie ? Je paſſai le reſte de la journée dans les plus tendres raviſſemens. Je ne t'écrivis point, une Lettre étoit trop peu pour mon cœur, elle m'auroit rappellée ton abſence. Je te voyois, je te parlois, cher Aza ! Que manqueroit-il à mon bonheur, ſi tu avois joint à cette prétieuſe Lettre quelques gages de ta tendreſſe ! Pourquoi ne l'as-tu pas fait ? On t'a parlé de moi, tu es inſtruit de mon ſort, & rien ne me parle de ton amour. Mais puis-je douter de ton cœur ? Le mien m'en répond. Tu m'aimes, ta joie eſt égale à la mienne, tu brûles des mêmes feux, la même

me impatience te dévore ; que la crainte s'éloigne de mon ame ; que la joie y domine sans mélange. Cependant tu as embrassé la Religion de ce peuple féroce. Quelle est-elle ? Exige-t-elle les mêmes sacrifices que celle de France ? Non, tu n'y aurois pas consenti.

Quoi qu'il en soit, mon cœur est sous tes loix ; soumise à tes lumieres, j'adopterai aveuglement tout ce qui pourra nous rendre inséparables. Que puis-je craindre ! Bien-tôt réunie à mon bien, à mon être, à mon tout, je ne penserai plus que par toi, je ne vivrai que pour t'aimer.

T 4   *LETTRE*

LETTRE VINGT-SIX.

C'EST ici, mon cher Aza, que je te reverrai ; mon bonheur s'accroît chaque jour par ses propres circonstances. Je sors de l'entrevue que Déterville m'avoit assignée ; quelque plaisir que je me sois fait de surmonter les difficultés du voyage, de te prévenir, de courir au-devant de tes pas, je le sacrifie sans regret au bonheur de te voir plutôt.

Déterville m'a prouvé avec tant d'évidence que tu peux être ici en moins de tems qu'il ne m'en faudroit pour aller en Espagne,

que

que quoiqu'il m'ait généreuse-
ment laissé le choix, je n'ai pas
balancé à t'attendre , le tems est
trop cher pour le prodiguer sans
nécessité.

Peut - être avant de me déterminer , aurois-je éxaminé cet avantage avec plus de soin , si je
n'eusse tiré des éclaircissemens sur
mon voyage qui m'ont décidée en
secret, sur le parti que je prends ;
& ce secret je ne puis le confier
qu'à toi.

Je me suis souvenue que pendant la longue route qui m'a conduite à Paris, Déterville donnoit
des pièces d'argent & quelquefois
d'or dans tous les endroits où
nous nous arrêtions. J'ai voulu
sçavoir

ſçavoir ſi c'étoit par obligation, ou par ſimple libéralité. J'ai appris qu'en France, non-ſeulement on fait payer la nourriture aux voyageurs, mais même le repos *.

Hélas ! je n'ai pas la moindre partie de ce qui ſeroit néceſſaire pour contenter l'intérêt de ce peuple avide ; il faudroit le recevoir des mains de Déterville. Quelle honte ! tu ſçais tout ce que je lui dois. Je l'acceptois avec une répugnance qui ne peut être vaincue que par la néceſſité ; mais pourrois-je

*Les Incas avoient établi ſur les chemins de grandes maiſons où l'on recevoit les Voyageurs ſans aucuns frais.

pourrois-je me réfoudre à con-
tracter volontairement un genre
d'obligation, dont la honte va
prefque jufqu'à l'ignominie ! Je
n'ai pu m'y refoudre, mon cher
Aza, cette raifon feule m'auroit
déterminée à demeurer ici ; le plaifir de te voir plus promptement
n'a fait que confirmer ma réfolution.

Déterville a écrit devant moi
au Miniftre d'Efpagne. Il le preffe
de te faire partir, il lui indique
les moyens de te faire conduire
ici avec une générofité qui me
pénétre de reconnoiffance & d'admiration.

Quels doux momens j'ai paffé,
pendant que Déterville écrivoit !
Quel

Quel plaifir d'être occupée des
arrangemens de ton voyage, de
voir les aprêts de mon bonheur,
de n'en plus douter !

Si d'abord il m'en a coûté
pour renoncer au deffein que j'a-
vois de te prévenir , je l'avoue,
mon cher Aza, j'y trouve à préfent mille fources de plaifirs, que
je n'y avois pas apperçues.

Plufieurs circonftances, qui ne me
paroiffoient d'aucune valeur pour
avancer ou retarder mon départ,
me deviennent intéreffantes & a-
gréables. Je fuivois aveuglément
le penchant de mon cœur, j'oubliois que j'allois te chercher au
milieu de ces barbares Efpagnols
dont la feule idée me faifit d'hor-

reur

reur ; je trouve une satisfaction
infinie dans la certitude de ne les
revoir jamais : la voix de l'amour
éteignoit celle de l'amitié. Je
goûte sans remords la douceur
de les réunir. D'un autre côté ;
Déterville m'a assuré qu'il nous
étoit à jamais impossible de revoir
la ville du Soleil. Après le séjour
de notre patrie , en est-il un plus
agréable que celui de la France ?
Il te plaira, mon cher Aza , quoique la sincerité en soit bannie ; on
y trouve tant d'agrémens , qu'ils
font oublier les dangers de la
société.

Après ce que je t'ai dit de l'or ,
il n'est pas nécessaire de t'avertir
d'en

d'en apporter , tu n'as que faire
d'autre mérite ; la moindre partie
de tes tréfors fuffit pour te faire
admirer & confondre l'orgueil
des magnifiques indigens de ce
Royaume ; tes vertus & tes fentimens ne feront chéris que de
moi.

Déterville m'a promis de te
faire rendre mes nœuds & mes
Lettres ; il m'a affurée que tu
trouverois des Interprêtes pour
t'expliquer les dernières. On vient
me demander le paquet , il faut
que je te quitte : adieu, cher efpoir
de ma vie ; je continuerai à t'é-
crire : fi je ne puis te faire paffer
mes Lettres , je te les garderai.

Comment

Comment supporterois - je la longueur de ton voyage, si je me privois du seul moyen que j'ai de m'entretenir de ma joie, de mes transports, de mon bonheur!

LETTRE

LETTRE VINGT-SEPT.

DEPUIS que je fçais mes
Lettres en chemin , mon
cher Aza, je jouis d'une tranquillité que je ne connoiffois plus. Je
penfe fans ceffe au plaifir que tu
auras à les recevoir, je vois tes
tranfports , je les partage , mon
ame ne reçoit de toute part que
des idées agréables , & pour comble de joie , la paix eft rétablie
dans notre petite fociété.

Les Juges ont rendu à Céline
les biens dont fa mere l'avoit
privée. Elle voit fon amant tous
les jours, fon mariage n'eft retar-

dé

dé que par les aprêts qui y font néceffaires. Au comble de fes vœux elle ne penfe plus à me quereller , & je lui en ai autant d'obligation que fi je devois à fon amitié les bontés qu'elle recommence à me témoigner. Quel qu'en foit le motif, nous fommes toujours redevables à ceux qui nous font éprouver un fentiment doux.

Ce matin elle m'en a fait fentir tout le prix par une complaifance qui m'a fait paffer d'un trouble fâcheux à une tranquillité agréable.

On lui a apporté une quantité prodigieufe d'étoffes , d'habits , de bijoux de toutes efpéces; elle

V   eft

est accourue dans ma chambre ;
m'a emmenée dans la sienne, &
après m'avoir consultée sur les
différentes beautés de tant d'ajuftemens, elle a fait elle-même un
tas de ce qui avoit le plus attiré
mon attention, & d'un air em-
pressé elle commandoit déja à nos
Chinas de le porter chez moi,
quand je m'y suis opposée de toutes mes forces. Mes instances n'ont
d'abord servi qu'à la divertir ; mais
voyant que son obstination augmentoit avec mes refus , je n'ai
pu dissimuler davantage mon res-
sentiment.

Pourquoi (lui ai-je dit les yeux
baignés de larmes) pourquoi vou-
lez-vous m'humilier plus que je
ne

ne le fuis ? Je vous dois la vie, &
tout ce que j'ai, c'est plus qu'il
n'en faut pour ne point oublier
mes malheurs. Je fçais que felon
vos Loix, quand les bienfaits ne
font d'aucune utilité à ceux qui les
reçoivent, la honte en eft effacée.
Attendez donc que je n'en aye
plus aucun befoin pour exercer
votre générofité. Ce n'eft pas fans
répugnance, ajoutai-je d'un ton
plus moderé, que je me conforme
à des fentimens fi peu naturels.
Nos ufages font plus humains,
celui qui reçoit s'honore autant
que celui qui donne ; vous m'avez
appris à penfer autrement ; n'étoit-
ce donc que pour me faire des outrages ?

V 2   Cette.

Cette aimable amie plus touchée de mes larmes qu'irritée de
mes reproches, m'a répondu d'un
ton d'amitié , nous fommes bien
éloignés mon frere & moi , ma
chere Zilia , de vouloir bleffer
votre délicateffe , il nous fiéroit
mal de faire les magnifiques avec
vous , vous le connoîtrez dans
peu ; je voulois feulement que
vous partageaffiez avec moi les
préfens d'un frère généreux ; c'é-
toit le plus fûr moyen de lui en
marquer ma reconnoiffance : l'u-
fage, dans le cas où je fuis , m'au-
torifoit à vous les offrir ; mais
puifque vous en êtes offenfée, je
ne vous en parlerai plus. Vous me
le promettez donc ? lui ai-je dir.
Oüi,

Oui, m'a-t-elle répondu en fous-
riant, mais permettez-moi d'écrire
un mot à Déterville.

Je l'ai laissé faire, & la gaïeté
s'eft rétablie entre nous, nous
avons recommencé à examiner
fes parures plus en détail, jufqu'au tems où on l'a demandée au
Parloir : elle vouloit m'y mener ;
mais, mon cher Aza, eft-il pour
moi quelques amufemens compa-
rables à celui de t'écrire ! Loin
d'en chercher d'autre, j'appréhen-
de d'avance ceux que l'on me prépare.

Céline va fe marier, elle pré-
tend m'emmener avec elle, elle
veut que je quitte la maifon Religieufe pour demeurer dans la
fienne ;

sienne ; mais si j'en suis crue . . . .
. . . .
. . . . Aza , mon cher Aza , par
quelle agréable surprise ma Lettre fut-elle hier interrompue ? hélas ! je croïois avoir perdu pour
jamais ce précieux monument de
notre ancienne splendeur , je n'y
comptois plus , je n'y pensois
même pas , j'en suis environnée ,
je les vois , je les touche , & j'en
crois à peine mes yeux & mes
mains.

Au moment où je t'écrivois ,
je vis entrer Céline suivie de quatre hommes accablés sous le poids
de gros coffres qu'ils portoient ;
ils les poserent à terre & se retire-
rent ; je pensai que ce pouvoit
être

être de nouveaux dons de Déterville. Je murmurois déja en secret, lorsque Céline me dit, en me présentant des clefs: ouvrez, Zilia, ouvrez sans vous effaroucher, c'est de la part d'Aza.

La vérité que j'attache inséparablement à ton idée, ne me laissa point le moindre doute; j'ouvris avec précipitation, & ma surprise confirma mon erreur, en reconnoissant tout ce qui s'offrit à ma vue pour des ornemens du Temple du Soleil.

Un sentiment confus, mêlé de tristesse & de joie, de plaisir & de regret, remplit tout mon cœur. Je me prosternai devant ces restes sacrés de notre culte & de nos
Autels;

Autel ; je les couvris de respectueux baisers, je les arrosai de mes
larmes , je ne pouvois m'en arracher , j'avois oublié jusqu'à la présence de Céline ; elle me tira de
mon yvresse, en me donnant une
Lettre qu'elle me pria de lire.

Toujours remplie de mon erreur , je la crus de toi , mes transports redoublèrent ; mais quoique
je la déchiffrasse avec peine , je connus bientôt qu'elle étoit de Déterville.

Il me sera plus aisé, mon cher
Aza , de te la copier, que de t'en
expliquer le sens.

BILLET

BILLET DE DETERVILLE.

» Ces tréfors font à vous,
» belle Zilia , puifque je les ai
» trouvés fur le Vaiffeau qui vous
» portoit. Quelques difcuffions
» arrivées entre les gens de l'E-
» quipage m'ont empêché juf-
» qu'ici d'en difpofer librement.
» Je voulois vous les préfenter
» moi-même , mais les inquiétu-
» des que vous avez témoignées ce
» matin à ma fœur , ne me laif-
» fent plus le choix du moment.
» Je ne fçaurois trop tôt diffiper
» vos craintes , je préférerai toute
» ma vie votre fatisfaction à la
» mienne.

Je l'avoue en rougiffant, mon

X   cher,

cher Aza, je fentis moins alors la générofité de Déterville, que le plaifir de lui donner des preuves de la mienne.

Je mis promptement à part un vafe, que le hazard plus que la cupidité a fait tomber dans les mains des Efpagnols. C'eft le même (mon cœur l'a reconnu) que tes lévres toucherent le jour où tu voulus bien goûter du *Aca* * préparé de ma main. Plus riche de ce tréfor que de tous ceux qu'on me rendoit, j'appellai les gens qui les avoient apportés ; je voulois les leur faire reprendre pour les renvoyer à Déterville ; mais Céline s'oppofa à mon deffein.

Que

* goiffon des Indiens.

Que vous êtes injuste, Zilia, me dit-elle ! Quoi ! vous voulez faire accepter des richesses immenses à mon frère, vous que l'offre d'une bagatelle offense ; rappellez votre équité si vous voulez en inspirer aux autres.

Ces paroles me frapperent. Je reconnus dans mon action plus d'orgueil & de vengeance que de générosité. Que les vices sont près des vertus ! J'avouai ma faute, j'en demandai pardon à Céline ; mais je souffrois trop de la contrainte qu'elle vouloit m'imposer pour n'y pas chercher de l'adoucissement. Ne me punissez pas autant que je le mérite, lui

dis-je

dis-je d'un air timide , ne dédaignez pas quelques modèles du travail de nos malheureuſes contrées ; vous n'en avez aucun beſoin, ma priere ne doit point vous offenſer.

Tandis que je parlois , je remarquai que Céline regardoit attentivement deux Arbuſtes d'or chargés d'oiſeaux & d'inſectes d'un travail excellent ; je me hâtai de les lui préſenter avec une petite corbeille d'argent , que je remplis de Coquillages de Poiſſons & de fleurs les mieux imitées : elle les accepta avec une bonté qui me ravit.

Je choiſis enſuite pluſieurs Idoles

les des nations vaincues * par tes
ancêtres, & une petite Statue **
qui représentoit une Vierge du
Soleil ; j'y joignis un tigre, un
lion & d'autres animaux coura-
geux, & je la priai de les envoyer
à Déterville. Ecrivez - lui donc ,
me dit-elle , en souriant , sans une
Lettre

* Les Incas faisoient déposer dans le
Temple du Soleil les Idoles des peuples qu'ils soumettoient , après leur
avoir fait accepter le culte du Soleil.
Ils en avoient eux-mêmes, puisque l'Inca *Huayna* consulta l'Idole de Rimace.
Hist. des Incas Tom. 1. pag. 350.
** Les Incas ornoient leurs maisons
de Statues d'or de toute grandeur , &
même de gigantesques.

X 5

Lettre de votre part , les préfens feroient mal reçus.

J'étois trop satisfaite pour rien refufer , j'écrivis tout ce que me dicta ma reconnoiffance , & lorfque Céline fut fortie , je diftribuai des petits préfens à fa *China* , & à la mienne , j'en mis à part pour mon Maître à écrire. Je goûtai enfin le délicieux plaifir de donner.

Ce n'a pas été fans choix , mon cher Aza ; tout ce qui vient de toi , tout ce qui a des rapports intimes avec ton fouvenir , n'eft point forti de mes mains.

La chaife d'or * que l'on con-
fervoit

* Les Incas ne s'affoyent que fur des fiéges d'or maffif.

servoit dans le Temple pour le jour des visites du *Capa-Inca* ton auguste pere, placée d'un côté de ma chambre en forme de trône, me représente ta grandeur & la majesté de ton rang. La grande figure du Soleil, que je vis moi-même arracher du Temple par les perfides Espagnols, suspendue au-dessus excite ma vénération, je me prosterne devant elle, mon esprit l'adore, & mon cœur est tout à toi.

Les deux palmiers que tu donnas au Soleil pour offrande & pour gage de la foi que tu m'avois jurée, placés aux deux côtés du Trône, me rappellent sans cesse tes tendres sermens.

Des fleurs , * des oiseaux répandus avec fimétrie dans tous
les coins de ma chambre, forment
en racourci l'image de ces magnifiques jardins , où je me fuis fi fouvent entretenue de ton idée.

Mes yeux fatisfaits ne s'arrêtent
nulle part fans me rappeller ton
amour , ma joie , mon bonheur ,
enfin tout ce qui fera jamais la vie
de ma vie.

* On a déja dit que les jardins du
Temple & ceux des Maifons Royales
étoient remplis de toutes fortes d'imi-
tations en or & en argent. Les Peru-
viens imitoient jufqu'à l'herbe appel-
lée Mays , dont ils faifoient des champs
tout entiers.

LETTRE

LETTRE VINGT-HUIT.

C'EST vainement, mon cher Aza, que j'ai employé les prieres, les plaintes, les inflances pour ne point quitter ma retraite. Il a fallu céder aux importunités de Céline. Nous fommes depuis trois jours à la campagne, où fon mariage fut célébré en y arrivant.

Avec quelle peine, quel regret, quelle douleur n'ai-je pas abandonné les chers & précieux ornemens de ma folitude ; hélas ! à peine ai-je eu le tems d'en jouir, & je ne vois rien ici qui puiffe me dédommager.

Loin

Loin que la joie & les plaisirs dont tout le monde paroît enyvré, me dissipent & m'amusent, ils me rappellent avec plus de regret les jou s paisibles que je passois à t'écrire, ou tout au moins à penser à toi.

Les divertissemens de ce pays me paroissent aussi peu naturels, aussi affectés que les mœurs. Ils consistent dans une gaieté violente, exprimée par des ris éclatans, auxquels l'ame paroît ne prendre aucune part : dans des jeux insipides dont l'or fait tout le plaisir, ou bien dans une conversation si frivole & si répétée, qu'elle ressemble bien davantage au gazouillement des oiseaux

qu'à

qu'à l'entretien d'une assemblée d'Etres pensans.

Les jeunes hommes, qui sont ici en grand nombre, se sont d'abord empressés à me suivre jusqu'à ne paroître occupés que de moi ; mais soit que la froideur de ma conversation les ait ennuiés, ou que mon peu de goût pour leurs agrémens les ait dégoûtés de la peine qu'ils prenoient à les faire valoir, il n'a fallu que deux jours pour les déterminer à m'oublier, bientôt ils m'ont délivrée de leur importune préférence.

Le penchant des François les porte si naturellement aux extrêmes, que Déterville, quoiqu'exempt d'une grande partie des défauts

défauts de fa nation , participe néanmoins à celui-là.

Non content de tenir la promeffe qu'il m'a faite de ne me plus parler de fes fentimens , il évite avec une attention marquée de fe rencontrer auprès de moi : obligés de nous voir fans ceffe , je n'ai pas encore trouvé l'occafion de lui parler.

A la trifteffe qui le domine au milieu de la joie publique , il m'eft aifé de deviner qu'il fe fait violence : peut-être je devrois lui en tenir compte ; mais j'ai tant de queftions à lui faire fur ton départ d'Efpagne , fur ton arrivée ici ; enfin fur des fujets fi intéreffans , que je ne puis lui pardonner de

me

me fuir. Je fens un defir violent de l'obliger à me parler , & la crainte de réveiller fes plaintes & fes regrets , me retient.

Céline toute occupée de fon nouvel Epoux , ne m'eft d'aucun fecours , le refte de la compagnie ne m'eft point agréable ; ainfi , feule au milieu d'une affemblée tumultueufe , je n'ai d'amufement que mes penfées , elles font toutes à toi , mon cher Aza ; tu feras à jamais le feul confident de mon cœur , de mes plaifirs , & de mon bonheur.

LETTRE

LETTRE VINGT-NEUF.

J'Avois grand tort, mon cher Aza, de defirer fi vivement un entretien avec Déterville. Hélas ! il ne m'a que trop parlé ; quoique je défavoue le trouble qu'il a excité dans mon ame, il n'eft point encore effacé.

Je ne fçais quelle forte d'impatience fe joignit hier à ma trifteffe accoutumée. Le monde & le bruit me devinrent plus importuns qu'à l'ordinaire : jufqu'à la tendre fatisfaction de Céline & de fon Epoux, tout ce que je voyois, m'infpiroit une indignation approchante

chante du mépris. Honteuse de
trouver des sentimens si injustes
dans mon cœur, j'allai cacher
l'embarras qu'ils me causoient
dans l'endroit le plus reculé du
jardin.

À peine m'étois-je assise au pied
d'un arbre, que des larmes invo-
lontaires coulerent de mes yeux.
Le visage caché dans mes mains,
j'étois ensevelie dans une rêverie si
profonde, que Déterville étoit à
genoux à côté de moi avant que je
l'eusse apperçu.

Ne vous offensez pas, Zilia, me
dit-il, c'est le hazard qui m'a conduit à vos pieds, je ne vous cherchois pas. Importuné du tumulte,
je venois jouir en paix de ma douleur.

leur. Je vous ai apperçue, j'ai combattu avec moi-même pour m'éloigner de vous, mais je suis trop malheureux pour l'être sans relâche ; par pitié pour moi je me suis approché, j'ai vû couler vos larmes, je n'ai plus été le maître de mon cœur ; cependant si vous m'ordonnez de vous fuir, je vous obéïrai. Le pourrez-vous, Zilia ? vous suis-je odieux ? Non, lui dis-je, au-contraire, asseyez-vous, je suis bien aise de trouver une occasion de m'expliquer depuis vos derniers bienfaits......N'en parlons point, interrompit-il vivement. Attendez, repris-je, pour être tout-à-fait généreux, il faut se prêter à la reconnoissance ; je

ne

ne vous ai point parlé depuis que vous m'avez rendu les précieux ornemens du Temple où j'ai été enlevée. Peut-être en vous écrivant, ai-je mal exprimé les sentimens qu'un tel excès de bonté m'inspiroit ; je veux ..... Hélas ! interrompit-il encore , que la reconnoissance est peu flateuse pour un cœur malheureux ! Compagne de l'indifférence , elle ne s'allie que trop souvent avec la haine.

Qu'osez-vous penser ! m'écriai-je : ah, Déterville ! combien j'aurois de reproches à vous faire , si vous n'étiez pas tant à plaindre ! bien loin de vous haïr , dès le premier moment où je vous ai vû , j'ai senti moins de répugnance à

Y dépendre

dépendre de vous que des Efpagnols. Votre douceur & votre bonté me firent defirer dès-lors de ga-
gner votre amitié, à mefure que
j'ai démêlé votre caractére. Je me
fuis confirmée dans l'idée que vous
méritiez toute la mienne, & fans
parler des extrêmes obligations
que je vous ai (puifque ma reconnoiffance vous bleffe) comment
aurois-je pu me défendre des fentimens qui vous font dus ?

Je n'ai trouvé que vos vertus
dignes de la fimplicité des nôtres.
Un fils du Soleil s'honoreroit de
vos fentimens ; votre raifon eft
prefque celle de la nature ; combien de motifs pour vous cherir !
jufqu'à la nobleffe de votre figure,
tout

tout me plaît en vous ; l'amitié a des yeux aussi-bien que l'amour. Autrefois après un moment d'absence, je ne vous voyois pas revenir sans qu'une sorte de sérénité ne se répandît dans mon cœur ; pourquoi avez-vous changé ces innocens plaisirs en peines & en contraintes ?

Votre raison ne paroît plus qu'avec effort. J'en crains sans cesse les écarts. Les sentimens dont vous m'entretenez, gênent l'expreſſion des miens, ils me privent du plaisir de vous peindre sans détour les charmes que je goûterois dans votre amitié, si vous n'en troubliez la douceur. Vous m'ôtez jusqu'à la volupté délicate de

regarder

regarder mon bienfaiteur ; vos
yeux embarraſſent les miens, je n'y
remarque plus cette agréable tranquillité qui paſſoit quelquefois juſqu'à mon ame : je n'y trouve qu'u-
ne morne douleur qui me reproche ſans ceſſe d'en être la cauſe.
Ah, Déterville ! que vous êtes injuſte, ſi vous croyez ſouffrir
ſeul !

Ma chere Zilia , s'écria-t-il en
me baiſant la main avec ardeur,
que vos bontés & votre franchiſe
redoublent mes regrets ! quel tré-
ſor que la poſſeſſion d'un cœur tel
que le vôtre ! mais avec quel dé-
ſeſpoir vous m'en faites ſentir la
perte !

Puiſſante Zilia , continua-t-il ;
quel

quel pouvoir est le vôtre! n'étoit-
ce point assez de me faire passer de
la profonde indifférence à l'amour
excessif, de l'indolence à la fureur, faut-il encore me vaincre ?
Le pourrai-je? Oui, lui dis-je, cet
effort est digne de vous, de votre
cœur. Cette action juste vous
éléve au-dessus des mortels. Mais
pourrai-je y survivre ? reprit-il
douloureusement ; n'espérez pas au
moins que je serve de victime au
triomphe de votre amant ; j'irai
loin de vous adorer votre idée ;
elle sera la nourriture amére de
mon cœur, je vous aimerai, & je
ne vous verrai plus ! ah ! du moins
n'oubliez pas . . . .

Les sanglots étoufférent sa voix ;

il

il se hâta de cacher les larmes qui couvroient son visage, j'en répandois moi-même : aussi touchée de sa générosité que de sa douleur, je pris une de ses mains que je serrai dans les miennes ; non, lui dis-je, vous ne partirez point. Laissez-moi mon ami , contentez - vous des sentimens que j'aurai toute ma vie pour vous ; je vous aime presqu'autant que j'aime Aza, mais je ne puis jamais vous aimer comme lui.

Cruelle Zilia ! s'écria-t-il avec transport , accompagnerez - vous toujours vos bontés des coups les plus sensibles ? un mortel poison détruira-t-il sans cesse le charme que vous répandez sur vos paroles ?

les ? Que je suis insensé de me livrer à leur douceur ! dans quel
honteux abaissement je me plon-
ge ! C'en est fait , je me rends à
moi-même , ajouta-t-il d'un ton
ferme ; adieu, vous verrez bien-tôt
Aza. Puisse-t-il ne pas vous faire
éprouver les tourmens qui me dé-
vorent , puisse-t-il être tel que
vous le desirez , & digne de votre
cœur.

Quelles allarmes , mon cher
Aza , l'air dont il prononça ces
dernieres paroles , ne jetta-t-il pas
dans mon ame ! Je ne pus me défendre des soupçons qui se pré-
senterent en foule à mon esprit.
Je ne doutai pas que Déterville
ne fût mieux instruit qu'il ne vouloit

soit le paroître, qu'il ne m'eût caché quelques Lettres qu'il pouvoit avoir reçues d'Espagne. Enfin (oserois-je le prononcer) que tu ne fus infidéle.

Je lui demandai la vérité avec les dernieres instances, tout ce que je pus tirer de lui, ne fut que des conjectures vagues , aussi propres à confirmer qu'à détruire mes craintes.

Cependant les réflexions sur l'inconstance des hommes , sur les dangers de l'absence , & sur la légereté avec laquelle tu avois changé de Religion, resterent profondément gravées dans mon esprit.

Pour la premiere fois , ma tendresse me devint un sentiment pénible.

pénible, pour la premiere fois je craignis de perdre ton cœur ; Aza, s'il étoit vrai, fi tu ne m'aimois plus, ah ! que ma mort nous fépare plutôt que ton inconftance.

Non, c'eft le défefpoir qui a fuggeré à Déterville ces affreufes idées. Son trouble & fon égarement ne devoient-ils pas me raffurer ? L'intérêt qui le faifoit parler, ne devoit-il pas m'être fufpeƈt ? Il me le fut, mon cher Aza, mon chagrin fe tourna tout entier contre lui, je le traitai durement, il me quitta défefpéré.

Hélas ! l'étois-je moins que lui ? Quels tourmens n'ai-je point

Z   foufferts

foufferts avant de retrouver le repos de mon cœur ? Eft-il encore
bien affermi ? Aza ! je t'aime fi
tendrement ! pourrois - tu m'oublier ?

LETTRE

LETTRE TRENTIÉME.

QUE ton voyage est long, mon cher Aza ! Que je defire ardemment ton arrivée ! Le
tems a diffipé mes inquiétudes :
je ne les vois plus que comme
un fonge dont la lumiere du jour
efface l'impreffion. Je me fais un
crime de t'avoir foupçonné , &
mon repentir redouble ma tendreffe ; il a prefque entierement
détruit la pitié que me caufoient
les peines de Déterville ; je ne
puis lui pardonner la mauvaife
opinion qu'il femble avoir de toi ;
j'en ai bien moins de regret d'être

Z 2   en

en quelque façon féparée de lui.

Nous fommes à Paris depuis quinze jours ; je demeure avec Céline dans la maifon de fon mari, affez éloignée de celle de fon frère, pour n'être point obligée à le voir à toute heure. Il vient fouvent y manger ; mais nous menons une vie fi agitée, Céline & moi, qu'il n'a pas le loifir de me parler en particulier.

Depuis notre retour, nous employons une partie de la journée au travail pénible de notre ajuftement, & le refte à ce que l'on appelle rendre des devoirs.

Ces deux occupations me paroîtroient auffi infrucueufes qu'elles font fatiguantes, fi la derniere

ne

ne me procuroit les moyens de m'inftruire plus particulierement des ufages de ce pays.

A mon arrivée en France, n'entendant pas la langue, je ne pouvois juger que fur les dehors; peu inftruite dans la maifon religieufe, je ne l'ai guère été davantage à la campagne, où je n'ai vû qu'une fociété particuliere, dont j'étois trop ennuiée pour l'éxaminer. Ce n'eft qu'ici, où répandue dans ce que l'on appelle le grand monde, je vois la nation entiere.

Les devoirs que nous rendons, confiftent à entrer en un jour dans e plus grand nombre de maifons qu'il eft poffible pour y ren-

Z 3　　dre

dre & y recevoir un tribut de louanges réciproques sur la beauté du visage & de la taille , sur l'excellence du goût & du choix des parures.

Je n'ai pas été longtems sans m'appercevoir de la raison qui fait prendre tant de peines, pour acquérir cet hommage ; c'est qu'il faut nécessairement le recevoir en personne , encore n'est-il que bien momentané. Dès que l'on disparoît , il prend une autre forme. Les agrémens que l'on trouvoit à celle qui sort , ne servent plus que de comparaison méprisante pour établir les perfections de celle qui arrive.

La censure est le goût dominant

nant des François , comme l'inconséquence est le caractère de la
nation. Leurs livres font la criti-
que générale des mœurs , & leur
conversation celle de chaque particulier, pourvû néanmoins qu'ils
soient absens.

Ce qu'ils appellent la mode
n'a point encore altéré l'ancien
usage de dire librement tout le
mal que l'on peut des autres, &
quelquefois celui que l'on ne pense pas. Les plus gens de bien sui-
vent la coutume ; on les distingue
seulement à une certaine formule
d'apologie de leur franchise & de
leur amour pour la vérité , au
moyen de laquelle ils révélent sans
scrupule les défauts, les ridicules

Z 4 &

& jufqu'aux vices de leurs amis.

Si la fincérité dont les François font ufage les uns contre les autres , n'a point d'exception , de même leur confiance réciproque eft fans borne. Il ne faut ni éloquence pour fe faire écouter , ni probité pour fe faire croire. Tout eft dit , tout eft reçû avec la même légereté.

Ne crois pas pour cela , mon cher Aza , qu'en général les François foient nés méchans , je ferois plus injufte qu'eux fi je te laiffois dans l'erreur.

Naturellement fenfibles ; touchés de la vertu , je n'en ai point vû qui écoutât fans attendriffement l'hiftoire que l'on m'oblige fouvent souvent à faire de la droiture de nos cœurs, de la candeur de nos sentimens & de la simplicité de nos mœurs ; s'ils vivoient parmi nous, ils deviendroient vertueux : l'exemple & la coutume sont les tirans de leurs usages.

Tel qui pense bien, médit d'un absent pour n'être pas méprisé de ceux qui l'écoutent. Tel autre seroit bon, humain, sans orgueil, s'il ne craignoit d'être ridicule, & tel est ridicule par état qui seroit un modèle de perfections s'il osoit hautement avoir du mérite.

Enfin, mon cher Aza, leurs vices sont artificiels comme leurs vertus, & la frivolité de leur caractère ne leur permet d'être qu'impar-

qu'imparfaitement ce qu'il font.
Ainsi que leurs joüets de l'enfance, ridicules institutions des êtres
pensans, ils n'ont, comme eux,
qu'une ressemblance ébauchée
avec leurs modèles ; du poids
aux yeux, de la légéreté au tact,
la surface coloriée, un intérieur
informe, un prix apparent, aucune valeur réelle. Aussi ne sont-
ils estimés par les autres nations
que comme les jolies-bagatelles
le sont dans la société. Le bon
sens sourit à leurs gentillesses &
les remet froidement à leur place.

Heureuse la nation qui n'a que
la nature pour guide, la vérité
pour mobile & la vertu pour principe.

LETTRE

LETTRE TRENTE-UNE.

IL n'eft pas furprenant, mon cher Aza, que l'inconféquence foit une fuite du caractère léger des François ; mais je ne puis affez m'étonner de ce qu'avec autant & plus de lumières qu'aucune autre nation, ils femblent ne pas appercevoir les contradictions choquantes que les Etrangers remarquent en eux dès la premiere vue.

Parmi le grand nombre de celles qui me frappent tous les jours, je n'en vois point de plus deshonorante pour leur efprit, que leur façon de penfer fur les femmes.

mes. Ils les refpectent, mon cher
Aza, & en même-temps ils les
méprifent avec un égal excès.

La premiere loi de leur politeffe, ou fi tu veux de leur vertu
(car je ne leur en connois point
d'autre) regarde les femmes.
L'homme du plus haut rang doit
des égards à celle de la plus vile
condition, il fe couvriroit de honte & de ce qu'on appelle ridicule,
s'il lui faifoit quelque infulte per-
fonnelle. Et cependant l'homme le
moins confidérable, le moins efti-
mé, peut tromper, trahir une
femme de mérite, noircir fa répu-
tation par des calomnies, fans
craindre ni blâme ni punition.

Si je n'étois affurée que bientôt

tu

tu pourras en juger par toi-même, oferois-je te peindre des contraftes que la fimplicité de nos efprits peut à peine concevoir ? Docile aux notions de la nature, notre genie ne va pas au-delà ; nous avons trouvé que la force & le courage dans un fexe, indiquoit qu'il devoit être le foutien & le défenfeur de l'autre, nos Loix y font conformes. * Ici loin de com-patir à la foibleffe des femmes, celles du peuple accablées de tra-vail n'en font foulagées ni par les loix ni par leurs maris ; celles d'un rang plus élevé, jouet de la féduction

* Les Loix difpenfoient les femmes de tout travail pénible.

féduction ou de la méchanceté des hommes, n'ont pour se dédommager de leurs perfidies, que les dehors d'un respect purement imaginaire, toujours suivi de la plus mordante satyre.

Je m'étois bien apperçue en entrant dans le monde que la censure habituelle de la nation tomboit principalement sur les femmes, & que les hommes, entre eux, ne se méprisoient qu'avec ménagement : j'en cherchois la cause dans leurs bonnes qualités, lorsqu'un accident me l'a fait découvrir parmi leurs défauts.

Dans toutes les maisons où nous sommes entrées depuis deux jours, on a raconté la mort d'un jeune homme

homme tué par un de ses amis, &
l'on approuvoit cette action barbare, par la seule raison, que le
mort avoit parlé au désavantage
du vivant ; cette nouvelle extra-
vagance me parut d'un caractère
assez sérieux pour être approfon-
die. Je m'informai , & j'appris ,
mon cher Aza, qu'un homme est
obligé d'exposer sa vie pour la
ravir à un autre, s'il apprend que
cet autre a tenu quelques discours
contre lui ; ou à se bannir de la
société s'il refuse de prendre une
vengeance si cruelle. Il n'en fallut
pas davantage pour m'ouvrir les
yeux sur ce que je cherchois. Il
est clair que les hommes naturellement lâches, sans honte & sans
remords

remords ne craignent que les pu-
nitions corporelles , & que fi les
femmes étoient autorifées à punir
les outrages qu'on leur fait de la
même maniere dont ils font obligés
de fe venger de la plus légere infulte , tel que l'on voit reçu & ac-
cueilli dans la fociété , ne feroit
plus ; ou retiré dans un defert , il
y cacheroit fa honte & fa mauvaife
foi : mais les lâches n'ont rien à
craindre , ils ont trop bien fondé
cet abus pour le voir jamais abo-
lir.

L'impudence & l'effronterie
font les premiers fentimens que
l'on infpire aux hommes, la timi-
dité , la douceur & la patience ,
font les feules vertus que l'on

cultive

cultive dans les femmes : comment
ne feroient-elles pas les victimes de
l'impunité ?

O mon cher Aza ! que les vices
brillans d'une nation d'ailleurs charmante , ne nous dégoûtent point
de la naive fimplicité de nos mœurs!
N'oublions jamais, toi, l'obligation
où tu es d'être mon exemple , mon
guide & mon foutien dans le chemin de la vertu ; & moi celle où je
fuis de conferver ton eftime & ton
amour, en imitant mon modéle, en
le furpaffant même s'il eft poffible ,
en méritant un refpect fondé fur le
mérite & non pas fur un frivole
ufage.

A 2   *LETTRE*

LETTRE TRENTE-DEUX.

NOs visites & nos fatigues, mon cher Aza, ne pouvoient se terminer plus agréablement. Quelle journée délicieuse j'ai passé hier ! combien les nouvelles obligations que j'ai à Déterville & à sa sœur me font agréables ! mais combien elles me seront cheres, quand je pourrai les partager avec toi !

Après deux jours de repos, nous partimes hier matin de Paris, Céline, son frere, son mari & moi, pour aller, disoit-elle, rendre une visite à la meilleure de ses

ses amies. Le voyage ne fut pas long , nous arrivâmes de très-bonne heure à une maison de campagne dont la situation & les approches me parurent admirables ; mais ce qui m'étonna en y entrant , fut d'en trouver toutes les portes ouvertes , & de n'y rencontrer personne.

Cette maison trop belle pour être abandonnée , trop petite pour cacher le monde qui auroit dû l'habiter , me paroissoit un enchantement. Cette pensée me divertit ; je demandai à Céline si nous étions chez une de ces Fées dont elle m'avoit fait lire les histoires , où la maîtresse du logis étoit invisible, ainsi que les domestiques.

Vous

Vous la verrez, me répondit-elle, mais comme des affaires importantes l'appellent ailleurs pour toute la journée, elle m'a chargée de vous engager à faire les honneurs de chez elle pendant son absence. Alors, ajouta-t-elle en riant, voyons comment vous vous en tirerez ? J'entrai volontiers dans la plaisanterie ; je repris le ton sérieux pour copier les complimens que j'avois entendu faire en pareil cas, & l'on trouva que je m'en acquittai assez bien.

Après s'être amusée quelque tems de ce badinage, Céline me dit : tant de politesse suffiroit à Paris pour nous bien recevoir ; mais, Madame, il faut quelque

chose

chofe de plus à la campagne , n'au-
-rez-vous pas la bonté de nous donner à dîner ?

Ah ! fur cet article, lui dis-je , je
n'en fçais pas affez pour vous fatisfaire , & je commence à craindre
pour moi-même que votre amie ne
s'en foit trop rapportée à mes
foins. Je fçais un remede à cela ,
répondit Céline , fi vous voulez
feulement prendre la peine d'écrire
votre nom , vous verrez qu'il n'eft
pas fi difficile que vous le penfez ,
de bien régaler fes amies ; vous me
raffurez , lui dis-je, allons , écri-
vons promptement.

Je n'eus pas plutôt prononcé
ces paroles , que je vis entrer un
homme vêtu de noir , qui tenoit
une

une écritoire & du papier , déja
écrit ; il me le préfenta , & j'y pla-
çai mon nom où l'on voulut.

Dans l'inftant même , parut un
autre homme d'affez bonne mine ,
qui nous invita felon la coutume ,
de paffer avec lui dans l'endroit où
l'on mange.

Nous y trouvâmes une table
fervie avec autant de propreté que
de magnificence ; à peine étions-
nous affis qu'une mufique charmante fe fit entendre dans la
chambre voifine ; rien ne manquoit de tout ce qui peut rendre
un repas agréable. Déterville
même fembloit avoir oublié fon
chagrin pour nous exciter à la
joie , il me parloit en mille manieres

nieres de ses sentimens pour moi ;
mais toujours d'un ton flatteur ,
sans plaintes ni reproches.

Le jour étoit serein ; d'un commun accord nous résolumes de
nous promener en sortant de table. Nous trouvâmes les jardins
beaucoup plus étendus que la
maison ne sembloit le promettre.
L'art & la simétrie ne s'y faisoient
admirer que pour rendre plus
touchans les charmes de la simple
nature.

Nous bornâmes notre course
dans un bois qui termine ce beau
jardin ; assis tous quatre sur un ga-
zon délicieux , nous commen-
cions déja à nous livrer à la rêverie qu'inspirent naturellement les
beautés

beautés naturelles , qûand à travers les arbres , nous vîmes venir
à nous d'un côté une troupe de
payfans vêtus proprement à leur
maniere , précédés de quelques
inftrumens de mufique , & de l'autre
une troupe de jeunes filles vêtues
de blanc , la tête ornée de fleurs
champêtres , qui chantoient d'une
façon ruftique , mais mélodieufe ,
des chanfons , où j'entendis avec
furprife , que mon nom étoit fouvent répété.

Mon étonnement fut bien plus
fort , lorfque les deux troupes
nous ayant jointes , je vis l'homme
le plus apparent , quitter la fienne , mettre un genouil en terre ,
& me préfenter dans un grand
baffin

baffin plufieurs clefs avec un compliment, que mon trouble m'empêcha de bien entendre ; je compris feulement, qu'étant le chef des villageois de la Contrée, il venoit me faire hommage en qualité de leur Souveraine, & me préfenter les clefs de la maifon dont j'étois auffi la maitreffe.

Dès qu'il eut fini fa harangue ; il fe leva pour faire place à la plus jolie d'entre les jeunes filles. Elle vint me préfenter une gerbe de fleurs ornée de rubans, qu'elle accompagna auffi d'un petit difcours à ma louange ; dont elle s'acquita de bonne grace.

J'étois trop confufe, mon cher Aza, pour répondre à des éloges

que

que je méritois si peu ; d'ailleurs
tout ce qui se passoit, avoit un ton
si approchant de celui de la vérité , que dans bien des momens,
je ne pouvois me défendre de
croire (ce que néanmoins) je
trouvois incroiable : cette pensée en produisit une infinité d'autres : mon esprit étoit tellement
occupé , qu'il me fut impossible de
proférer une parole : si ma confusion étoit divertissante pour la
compagnie ; elle ne l'étoit guères
pour moi.

Déterville fut le premier, qui en
fut touché ; il fit un signe à sa
sœur , elle se leva après avoir donné quelques piéces d'or aux pai-
sans & aux jeunes filles , en leur
disant

disant (que c'étoit les prémices de mes bontés pour eux) elle me proposa de faire un tour de promenade dans le bois, je la suivis avec plaisir, comptant bien lui faire des reproches de l'embarras où elle m'avoit mise ; mais je n'en eus pas le tems : à peine avions - nous fait quelques pas, qu'elle s'arrêta & me regardant avec une mine riante : avouez, Zilia, me dit-elle, que vous êtes bien fâchée contre nous , & que vous le serez bien davantage, fi je vous dis, qu'il est très vrai que cette terre & cette maison vous appartiennent.

A moi , m'écriai-je ! ah Céline ! vous poussez trop loin l'ou-

trage,

trage , ou la plaifanterie. Attendez, me dit - elle plus férieufement , fi mon frère avoit difpofé de quelques parties de vos tréfors pour en faire l'acquifition , & qu'au lieu des ennuieufes formalités , dont il s'eft chargé , il ne vous eût refervé que la furprife , nous haïriez-vous bien fort? ne pourriez-vous nous pardonner de vous avoir procuré (à tout événement) une demeure telle que vous avez paru l'aimer , & de vous avoir affurée une vie indépendante ? Vous avez figné ce matin l'acte authentique qui vous met en poffeffion de l'une & l'autre. Grondez-nous à préfent tant qu'il vous plaira, ajouta-t-elle en riant , fi rien

de

de tout cela ne vous eſt agréable.

Ah, mon aimable amie ! m'é-
criai - je , en me jettant dans ſes
bras. Je ſens trop vivement des
ſoins ſi généreux pour vous exprimer ma reconnoiſſance ; il ne
me fut poſſible de prononcer que
ce peu de mots ; j'avois ſenti
d'abord l'importance d'un tel ſer-
vice. Touchée , attendrie , tranſ-
portée de joie en penſant au plaiſir que j'aurois de te conſacrer
cette charmante demeure ; la mul-
titude de mes ſentimens en étouf-
foit l'expreſſion. Je faiſois à Céline des careſſes qu'elle me rendoit avec la même tendreſſe ; &
après m'avoir donné le tems de
me remettre , nous allâmes re-

trouver

trouver son frère & son mari.

Un nouveau trouble me saisit
en abordant Déterville , & jetta
un nouvel embarras dans mes expressions ; je lui tendis la main ,
il la baisa sans proférer une parole , & se détourna pour cacher
des larmes qu'il ne put retenir ,
& que je pris pour des signes de
la satisfaction qu'il avoit de me
voir si contente ; j'en fus attendrie
jusqu'à en verser aussi quelques-
unes. Le mari de Céline , moins
intéressé que nous , à ce qui se
passoit , remit bientôt la conversation sur le ton de plaisanterie ;
il me fit des complimens sur ma
nouvelle dignité , & nous enga-
gea à retourner à la maison pour

en

en examiner, difoit-il, les défauts, & faire voir à Déterville que fon goût n'étoit pas auffi sûr qu'il s'en flattoit.

Te l'avouerai-je, mon cher Aza, tout ce qui s'offrit à mon paffage me parut prendre une nouvelle forme; les fleurs me fembloient plus belles, les arbres plus verds, la fimétrie des jardins mieux ordonnée.

Je trouvai la maifon plus riante, les meubles plus riches, les moindres bagatelles m'étoient devenues intéreffantes.

Je parcourus les appartemens dans une yvreffe de joie, qui ne me permettoit pas de rien examiner; le feul endroit où je m'arrêtai,

B b 4   fut

fut dans une affez grande chambre entourée d'un grillage d'or,
légérement travaillé, qui renfermoit une infinité de Livres de
toutes couleurs, de toutes formes,
& d'une propreté admirable;
j'étois dans un tel enchantement,
que je croiois ne pouvoir les quitter fans les avoir tous lûs. Céline
m'en arracha, en me faifant fouvenir d'une clef d'or que Déterville m'avoit remife. Nous cher-
châmes à l'employer, mais nos
recherches auroient été inutiles,
s'il ne nous eût montré la porte
qu'elle devoit ouvrir, confondue
avec art dans les lambris; il étoit
impoffible de la découvrir fans en
favoir le fecret;

Je

Je l'ouvris avec précipitation ; & je restai immobile à la vue des magnificences qu'elle renfermoit.

C'étoit un cabinet tout brillant de glaces & de peintures : les lambris à fond verd, ornés de figures extrêmement bien dessinées, imitoient une partie des jeux & des cérémonies de la ville du Soleil, telles à peu près que je les avois racontées à Déterville.

On y voyoit nos Vierges représentées en mille endroits avec le même habillement que je portois en arrivant en France ; on disoit même qu'elles me ressembloient.

Les ornemens du Temple que j'avois laissés dans la maison Religieuse, soutenus par des Pyramides

mides dorées , ornoient. tous. les coins de ce magnifique cabinet. La figure du Soleil fufpendue au. milieu d'un plafond peint des plus belles couleurs du ciel , achevoit par fon éclat d'embellir cette charmante folitude : & des meubles commodes affortis aux peintures la rendoient délicieufe.

En éxaminant de plus près ce que j'étois ravie de retrouver., je m'apperçus que la chaife d'or y manquoit : quoique je me gardaffe bien d'en parler, Déterville me devina.; il faifit ce moment pour s'expliquer : vous cherchez inutilement , belle Zilia , me dit-il , par un pouvoir magique la chaife de l'*Inca* , s'eft transformée en

en maison , en jardin , en terres.
Si je n'ai pas employé ma propre
science à cette métamorphose , ce
n'a pas été sans regret , mais il a
fallu respecter votre délicatesse ;
voici , me dit-il , en ouvrant une
petite armoire (pratiquée adroi-
tement dans le mur ,) voici les
débris de l'opération magique.
En même-tems il me fit voir une
cassette remplie de pièces d'or à
l'usage de France. Ceci, vous le
sçavez , continua-t-il, n'est pas ce
qui est le moins nécessaire parmi
nous, j'ai cru devoir vous en conserver une petite provision.

Je commençois à lui témoigner
ma vive reconnoissance & l'admiration que me causoient des soins

G

fi prévenans ; quand Céline m'in-
terrompit & m'entraîna dans une
chambre à côté du merveilleux cabinet. Je veux auffi, me dit-elle,
vous faire voir la puiffance de mon
art. On ouvrit de grandes armoi-
res remplies d'étoffes admirables ,
de linge , d'ajuftemens , enfin de
tout ce qui eft à l'ufage des femmes,
avec une telle abondance , que je
ne pûs m'empêcher d'en rire & de
demander à Céline , combien d'années elle vouloit que je vécuffe
pour employer tant de belles chofes. Autant que nous en vivrons
mon frère & moi , me répondit-
elle : & moi , repris-je , je defire
que vous viviez l'un & l'autre autant que je vous aimerai , & vous

DE

ne mourrez assurément pas les premiers.

En achevant ces mots, nous retournâmes dans le Temple du Soleil (c'est ainsi qu'ils nommerent le merveilleux Cabinet.) J'eus enfin la liberté de parler, j'exprimai, comme je le sentois, les sentimens dont j'étois pénétrée. Quelle bonté ! Que de vertus dans les procédés du frère & de la sœur !

Nous passâmes le reste du jour dans les délices de la confiance & de l'amitié ; je leur fis les honneurs du soupé encore plus gaiement que je n'avois fait ceux du dîner. J'ordonnois librement à des domestiques que je savois être à

moi ;

moi ; je badinois fur mon autorité
& mon opulence ; je fis tout ce
qui dépendoit de moi , pour rendre agréables à mes bienfaiteurs
leurs propres bienfaits.

Je crus cependant m'appercevoir qu'à mesure que le tems s'é-
couloit, Déterville retomboit dans
sa mélancolie , & même qu'il
échappoit de tems en tems des
larmes à Céline ; mais l'un & l'autre reprenoient si promptement un
air serein , que je crus m'être
trompée.

Je fis mes efforts pour les engager à jouir quelques jours avec
moi du bonheur qu'ils me procu-
roient. Je ne pûs l'obtenir ; nous
sommes revenus cette nuit , en
nous

nous promettant de retourner in-
cessamment dans mon Palais enchanté.

O, mon cher Aza, quelle sera
ma félicité, quand je pourrai l'habiter avec toi!

LETTRE TRENTE-TROIS.

LA tristesse de Déterville & de
sa sœur, mon cher Aza, n'a
fait qu'augmenter depuis notre
retour de mon Palais enchanté :
ils me sont trop chers l'un & l'autre pour ne m'être pas empressée
à leur en demander le motif ; mais
voyant qu'ils s'obstinoient à me
le taire , je n'ai plus douté que
quelque nouveau malheur n'ait
traversé ton voyage , & bientôt mon inquiétude a surpassé leur
chagrin. Je n'en ai pas dissimulé
la cause , & mes aimables amis
ne l'ont pas laissé durer longtems.

Déterville

Déterville m'a avoué qu'il avoit résolu de me cacher le jour de ton arrivée, afin de me surprendre, mais que mon inquiétude lui faisoit abandonner son dessein. En effet, il m'a montré une Lettre du guide qu'il t'a fait donner, & par le calcul du tems & du lieu où elle a été écrite, il m'a fait comprendre que tu peux être ici aujourd'hui, demain, dans ce moment même; enfin qu'il n'y a plus de tems à mesurer jusqu'à celui qui comblera tous mes vœux.

Cette premiere confidence faite, Déterville n'a plus hésité de me dire tout le reste de ses arrangemens. Il m'a fait voir l'appartement qu'il te destine, tu logeras

Cc   ici,

ici, jufqu'à ce qu'unis enfemble, la décence nous permette d'habiter mon délicieux Château. Je ne te perdrai plus de vue, rien ne nous féparera ; Déterville a pourvu à tout, & m'a convaincue plus que jamais de l'excès de fa générofité.

Après cet éclairciffement, je ne cherche plus d'autre caufe à la triffeffe qui le dévore que ta prochaine arrivée. Je le plains : je compatis à fa douleur, je lui fouhaite un bonheur qui ne dépende point de mes fentimens, & qui foit une digne récompenfe de fa vertu.

Je diffimule même une partie des tranfports de ma joie pour ne pas irriter fa peine. C'eft tout ce que

que je puis faire ; mais je suis trop
occupée de mon bonheur pour le
renfermer entierement en moi-
même : ainsi quoique je te croie
fort près de moi , que je tressaille
au moindre bruit , que j'inter-
rompe ma Lettre presque à chaque mot pour courir à la fenêtre,
je ne laisse pas de continuer à
écrire , il faut ce soulagement au
transport de mon cœur. Tu es plus
près de moi , il est vrai ; mais ton
absence en est-elle moins réelle
que si les mers nous séparoient
encore? Je ne te vois point , tu ne
peux m'entendre, pourquoi cesse-
rois-je de m'entretenir avec toi de
la seule façon dont je puis le faire ?
encore un moment , & je te verrai ;

mais

mais ce moment n'exiſte point. Eh !
puis-je mieux employer ce qui me
reſte de ton abſence, qu'en te pei-
gnant la vivacité de ma tendreſſe !
Hélas ! tu l'as vue toujours gémiſ-
ſante. Que ce tems eſt loin de moi !
avec quel tranſport il ſera effacé de
mon ſouvenir ! Aza, cher Aza !
que ce nom eſt doux ! bientôt je
ne t'appellerai plus en vain, tu
m'entendras, tu voleras à ma voix :
les plus tendres expreſſions de mon
cœur ſeront la récompenſe de ton
empreſſement .... On m'inter-
rompt, ce n'eſt pas toi, & cependant il faut que je te quitte.

LETTRE

LETTRE TRENTE-QUATRE

AU CHEVALIER DÉTERVILLE

A Malthe.

AVEZ-vous pû , Monsieur , prévoir sans repentir le chagrin mortel que vous deviez joindre au bonheur que vous me prépariez ? Comment avez-vous eu la cruauté de faire précéder votre départ par des circonstances si agréables , par des motifs de reconnoissance si pressans , à moins que ce ne fût pour me rendre plus sensible à votre desespoir & à votre absence ? comblée il y a deux

jours

jours des douceurs de l'amitié, j'en
éprouve aujourd'hui les peines les
plus ameres.

Céline toute affligée qu'elle est,
n'a que trop bien exécuté vos
ordres. Elle m'a présenté Aza
d'une main, & de l'autre votre
cruelle Lettre. Au comble de mes
vœux la douleur s'est fait sentir
dans mon ame ; en retrouvant
l'objet de ma tendresse, je n'ai
point oublié que je perdois celui de tous mes autres sentimens.
Ah, Déterville ! que pour cette
fois votre bonté est inhumaine !
mais n'esperez pas exécuter jusqu'à
la fin vos injustes résolutions ;
non, la mer ne nous séparera pas
à jamais de tout ce qui vous est
cher ;

cher; vous entendrez prononcer
mon nom, vous recevrez mes
Lettres, vous écouterez mes prieres; le sang & l'amitié reprendront
leurs droits sur votre cœur; vous
vous rendrez à une famille à laquelle je suis responsable de votre
perte.

Quoi ! pour récompense de
tant de bienfaits, j'empoisonne-
rois vos jours & ceux de votre
sœur ! je romprois une si tendre
union ! je porterois le désespoir
dans vos cœurs, même en jouis-
sant encore de vos bontés ! non
ne le croyez pas, je ne me vois
qu'avec horreur dans une maison
que je remplis de deuil; je recon-
nois vos soins au bon traitement
que

que je reçois de Céline ; au moment même où je lui pardonnerois de me haïr ; mais quels qu'ils soient, j'y renonce, & je m'éloigne pour jamais des lieux que je ne puis souffrir, si vous n'y revenez. Que vous êtes aveugle, Déterville !

Quelle erreur vous entraîne dans un dessein si contraire à vos vues ? vous vouliez me rendre heureuse, vous ne me rendez que coupable ; vous vouliez sécher mes larmes, vous les faites couler, & vous perdez par votre éloignement le fruit de votre sacrifice.

Hélas ! peut-être n'auriez-vous trouvé que trop de douceur dans

cette

cette entrevue, que vous avez cru si redoutable pour vous! Cet Aza, l'objet de tant d'amours, n'est plus le même Aza, que je vous ai peint avec des couleurs si tendres. Le froid de son abord, l'éloge des Espagnols, dont cent fois il a intetrompu le plus doux épanchement de mon ame, la curiosité offensante, qui l'arrache à mes transports, pour visiter les raretés de Paris : tout me fait craindre des maux dont mon cœur frémit. Ah, Déterville ! peut-être ne serez-vous pas longtems le plus malheureux.

Si la pitié de vous – même ne peut rien sur vous, que les devoirs de l'amitié vous ramenent ;

elle eſt le ſeul azile de l'amour in-
fortuné. Si les maux que je re-
doute alloient m'accabler, quels
reproches n'auriez-vous pas à vous
faire ? Si vous m'abandonnez, où
trouverai - je des cœurs ſenſibles
à mes peines ? La généroſité,
juſqu'ici la plus forte de vos paſ-
ſions, céderoit-elle enfin à l'a-
mour mécontent ? Non, je ne
puis le croire ; cette foibleſſe ſeroit indigne de vous ; vous êtes
incapable de vous y livrer ; mais
venez m'en convaincre, ſi vous
aimez votre gloire & mon repos.

LETTRE

LETTRE TRENTE-CINQ.

Au Chevalier Déterville,

à Malthe.

SI vous n'étiez la plus noble des créatures, Monsieur, je ferois la plus humiliée ; si vous n'aviez l'ame la plus humaine, le cœur le plus compatiffant, feroit-ce à vous que je ferois l'aveu de ma honte & de mon défespoir ? Mais hélas ! que me refte-t-il à craindre ? qu'ai-je à ménager ? tout eft perdu pour moi.

Ce n'eft plus la perte de ma liberté, de mon rang, de ma pa-

trie

trie que je regrette ; ce ne font plus
les inquiétudes d'une tendreffe
innocente qui m'arrachent des
pleurs ; c'eft la bonne foi violée,
c'eft l'amour méprifé qui déchire
mon ame. Aza eft infidéle.

Aza infidéle ! Que ces funeftes
mots ont de pouvoir fur mon
ame..... mon fang fe glace......
un torrent de larmes.......

J'appris des Efpagnols à connoître les malheurs ; mais le dernier
de leurs coups eft le plus fenfible :
ce font eux qui m'enlevent le
cœur d'Aza ; c'eft leur cruelle Religion qui me rend odieufe à fes
yeux. Elle approuve, elle ordonne
l'infidélité, la perfidie , l'ingratitude ; mais elle défend l'amour de
fes

ſes proches. Si j'étois étrangere ;
inconnue, Aza pourroit m'aimer :
unis par les liens du ſang, il doit
m'abandonner, m'ôter la vie ſans
honte, ſans regret, ſans remords;.

Hélas ! toute bizarre qu'eſt cette
Religion, s'il n'avoit fallu que
l'embraſſer pour retrouver le bien
qu'elle m'arrache (ſans corrom-
pre mon cœur par ſes principes)
j'aurois ſoumis mon eſprit à ſes
illuſions. Dans l'amertume de mon
ame, j'ai demandé d'être inſtruite ; mes pleurs n'ont point été
écoutés. Je ne puis être admiſe
dans une ſociété ſi pure, ſans
abandonner le motif qui me détermine, ſans renoncer à ma tendreſſe;
c'eſt-à-dire ſans changer mon exiſtence.   Je

Je l'avoue, cette extrême févé
rité me frappe autant qu'elle me révolte, je ne puis refuſer une ſorte
de vénération à des Loix qui me
tuent; mais eſt-il en mon pouvoir
de les adopter ? Et quand je les
adopterois, quel avantage m'en
reviendroit-il ? Aza ne m'aime
plus; ah ! malheureuſe.......

Le cruel Aza n'a conſervé de
la candeur de nos mœurs, que le
reſpect pour la vérité, dont il fait
un ſi funeſte uſage. Séduit par les
charmes d'une jeune Eſpagnole;
prêt à s'unir à elle, il n'a conſenti
à venir en France que pour ſe dé-
gager de la foi qu'il m'avoit jurée, que pour ne me laiſſer aucun
doute ſur ſes ſentimens ; que pour
... me

me rendre une liberté que je dé-
teste ; que pour m'ôter la vie.

Oui, c'est en vain qu'il me rend
à moi-même, mon cœur est à lui,
il y sera jusqu'à la mort.

Ma vie lui appartient, qu'il me
la ravisse & qu'il m'aime ......

Vous sçaviez mon malheur, pourquoi ne me l'aviez-vous éclairci
qu'à demi ? Pourquoi ne me laissâ-
tes-vous entrevoir que des soupçons qui me rendirent injuste à
votre égard ? Eh pourquoi vous
en fais-je un crime ? Je ne vous
aurois pas cru : aveugle, préve-
nue, j'aurois été moi-même au-devant de ma funeste destinée, j'aurois conduit sa victime à ma Ri-
vale, je serois à présent.....

O Dieux, fauvez-moi cette horrible image !.....

Déterville, trop généreux ami ! fuis - je digne d'être écoutée ? fuis-je digne de votre pitié ? Oubliez mon injuftice ; plaignez une malheureufe dont l'eftime pour vous eft encore au-deffus de fa foibleffe pour un ingrat.

LETTRE TRENTE-SIX.

Au Chevalier Déterville,

à Malthe.

PUISQUE vous vous plaignez de moi, Monsieur, vous ignorez l'état dont les cruels soins de Céline viennent de me tirer. Comment vous aurois-je écrit ? Je ne pensois plus. S'il m'étoit resté quelque sentiment ; sans doute la confiance en vous en eût été un ; mais environnée des ombres de la mort, le sang glacé dans les veines, j'ai longtems ignoré ma propre existence ; j'avois oublié jusqu'à

qu'à mon malheur. Ah , Dieux !
pourquoi en me rappellant à la
vie m'a-t-on rappellée à ce funeste
souvenir !

Il est parti ! je ne le verrai plus !
il me fuit, il ne m'aime plus , il
me l'a dit : tout est fini pour moi.
Il prend une autre Epouse , il
m'abandonne, l'honneur l'y con-
damne ; eh bien, cruel Aza , puisque le fantastique honneur de
l'Europe a des charmes pour toi,
que n'imites - tu aussi l'art qui l'accompagne !

Heureuse Françoise , on vous
trahit ; mais vous jouïssez long-
tems d'une erreur qui feroit à présent tout mon bien. On vous prépare au coup mortel qui me tue.

Funeste

Funeste sincérité de ma nation,
vous pouvez donc cesser d'être
une vertu ? Courage , fermeté,
vous êtes donc des crimes quand
l'occasion le veut ?

Tu m'as vû à tes pieds , barbare Aza, tu les as vûs baignés de
mes larmes, & ta fuite........
Moment horrible ! pourquoi ton
souvenir ne m'arrache-t-il pas la
vie ?

Si mon corps n'eût succombé
sous l'effort de la douleur , Aza
ne triompheroit pas de ma foiblesse ...... Il ne seroit pas
parti seul. Je te suivrois, ingrat,
je te verrois , je mourrois du
moins à tes yeux.

Déterville , quelle foiblesse fa-
tale

tale vous a éloigné de moi ? Vous m'eussiez secourue ; ce que n'a pû faire le désordre de mon désespoir, votre raison capable de persuader, l'auroit obtenu ; peut-être Aza seroit encore ici. Mais, ô Dieux ! déja arrivé en Espagne au comble de ses vœux..... Regrets inutiles, désespoir infructueux, douleur, accable-moi.

Ne cherchez point, Monsieur, à surmonter les obstacles qui vous retiennent à Malthe, pour revenir ici. Qu'y feriez-vous ? fuyez une malheureuse qui ne sent plus les bontés que l'on a pour elle, qui s'en fait un supplice, qui ne veut que mourir.

LETTRE

LETTRE TRENTE-SEPT.

RASSUREZ-vous, trop généreux ami, je n'ai pas voulu vous écrire que mes jours ne fussent en sûreté; & que moins agitée, je ne puſſe calmer vos inquiétudes. Je vis; le deſtin le veut, je me ſoumets à ſes loix.

Les ſoins de votre aimable ſœur m'ont rendu la ſanté, quelques retours de raiſon l'ont ſoutenue. La certitude que mon malheur eſt ſans reméde a fait le reſte. Je ſçais qu'Aza eſt arrivé en Eſpagne, que ſon crime eſt conſommé; ma douleur n'eſt pas éteinte,

mais

mais la cause n'est plus digne de
mes regrets ; s'il en reste dans mon
cœur, ils ne sont dus qu'aux peines que je vous ai causées, qu'à
mes erreurs, qu'à l'égarement de
ma raison.

Hélas ! à mesure qu'elle m'é-
claire, je découvre son impuis-
sance, que peut-elle sur une ame
désolée ? L'excès de la douleur
nous rend la foiblesse de notre
premier âge. Ainsi que dans l'enfance, les objets seuls ont du pouvoir sur nous ; il semble que la
vue soit le seul de nos sens qui ait
une communication intime avec
notre ame. J'en ai fait une cruelle
expérience.

En sortant de la longue & ac-
cablante

cablante léthargie où me plongea
le départ d'Aza, le premier defir
que m'infpira la nature fut de me
retirer dans la folitude que je dois
à votre prévoyante bonté : ce ne
fut pas fans peine que j'obtins de
Céline la permiffion de m'y faire
conduire ; j'y trouve des fecours
contre le défefpoir que le monde
& l'amitié même ne m'auroient
jamais fournis. Dans la maifon de
votre fœur fes difcours confolans
ne pouvoient prévaloir fur les objets qui me retraçoient fans ceffe
la perfidie d'Aza.

La porte par laquelle Céline
l'amena dans ma chambre le jour
de votre départ & de fon arrivée ;
le fiége fur lequel il s'affit, la place

ce où il m'annonça mon malheur ; où il me rendit mes Lettres ; jufqu'à fon ombre effacée d'un lambris où je l'avois vu fe former ; tout faifoit chaque jour de nouvelles plaies à mon cœur.

Ici je ne vois rien qui ne me rappelle les idées agréables que j'y reçus à la premiere vue ; je n'y retrouve que l'image de votre amitié & de celle de votre aimable fœur.

Si le fouvenir d'Aza fe préfente à mon efprit, c'eft fous le même afpect où je le voyois alors. Je crois y attendre fon arrivée. Je me prête à cette illufion autant qu'elle m'eft agréable ; fi elle me quitte, je prends des Livres, je lis d'abord

bord avec effort, infenfiblement
de nouvelles idées enveloppent
l'affreufe vérité qui m'environne,
& donnent à la fin quelque relache
à ma trifteffe.

L'avouerai-je ; les douceurs de
la liberté fe préfentent quelquefois
à mon imagination, je les écoute;
environnée d'objets agréables,
leur propriété a des charmes que
je m'efforce de goûter : de bonne
foi avec moi-même je compte peu
fur ma raifon. Je me prête à mes
foibleffes, je ne combats celles de
mon cœur, qu'en cedant à celles
de mon efprit. Les maladies de
l'ame ne fouffrent pas les remedes
violens.

Peut-être la faftueufe décence

de votre nation ne permet-elle pas à mon âge, l'indépendance & la folitude où je vis ; du moins toutes les fois que Céline me vient voir, veut-elle me le perfuader ; mais elle ne m'a pas encore donné d'affez fortes raifons pour me convaincre de mon tort ; la véritable décence eft dans mon cœur. Ce n'eft point au fimulacre de la vertu que je rends hommage, c'eft à la vertu même. Je la prendrai toujours pour juge & pour guide de mes actions. Je lui confacre ma vie, & mon cœur à l'amitié. Hélas ! quand y regnerat-elle fans partage & fans retour ?

LETTRE

LETTRE TRENTE-HUIT

& derniere.

AU CHEVALIER DÉTERVILLE,

à Paris.

JE reçois presque en même-tems, Monsieur, la nouvelle de votre départ de Malthe & celle de votre arrivée à Paris. Quelque plaisir que je me fasse de vous revoir, il ne peut surmonter le chagrin que me cause le billet que vous m'écrivez en arrivant.

Quoi, Déterville ! après avoir pris sur vous de dissimuler vos sentimens dans toutes vos Lettres,

après m'avoir donné lieu d'esperer
que je n'aurois plus à combattre
une paffion qui m'afflige , vous
vous livrez plus que jamais à fa
violence.

A quoi bon affecter une déféren-
ce pour moi que vous démentez au
même inftant ? Vous me demandez
la permiffion de me voir , vous
m'affurez d'une foumiffion aveugle
à mes volontés , & vous vous ef-
forcez de me convaincre des fentimens qui y font les plus oppofés ,
qui m'offenfent ; enfin que je n'ap-
prouverai jamais.

Mais puifqu'un faux efpoir vous
féduit , puifque vous abufez de ma
confiance & de l'état de mon
ame, il faut donc vous dire quelles

les font mes réfolutions plus iné-
branlables que les vôtres.

C'eft en vain que vous vous
flatteriez de faire prendre à mon
cœur de nouvelles chaînes. Ma
bonne foi trahie ne dégage pas mes
fermens ; plût au ciel qu'elle me
fît oublier l'ingrat ! mais quand je
l'oublierois, fidelle à moi-même,
je ne ferai point parjure. Le cruel
Aza abandonne un bien qui lui
fut cher ; fes droits fur moi n'en
font pas moins facrés : je puis
guérir de ma paffion, mais je n'en
aurai jamais que pour lui : tout
ce que l'amitié infpire de fentimens font à vous, vous ne la par-
tagerez avec perfonne, je vous
les dois. Je vous les promets ; j'y
ferai

ferai fidelle ; vous jouïrez au même
degré de ma confiance & de ma
fincérité ; l'une & l'autre feront fans
bornes. Tout ce que l'amour a dé-
veloppé dans mon cœur de fentimens vifs & délicats tournera au
profit de l'amitié. Je vous laifferai
voir avec une égale franchife le regret de n'être point née en France ,
& mon penchant invincible pour
Aza ; le defir que j'aurois de vous
devoir l'avantage de penfer ; & mon
éternelle reconnoiffance pour celui
qui me l'a procuré. Nous lirons
dans nos ames : la confiance fçait
auffi-bien que l'amour donner de
la rapidité au tems. Il eft mille
moyens de rendre l'amitié intéref-
fante & d'en chaffer l'ennui.

Vous

Vous me donnerez quelque connoiſſance de vos ſciences & de vos arts ; vous goûterez le plaiſir de la ſupériorité ; je le reprendrai en développant dans votre cœur des vertus que vous n'y connoiſſez pas. Vous ornerez mon eſprit de ce qui peut le rendre amuſant, vous jouïrez de votre ouvrage ; je tâcherai de vous rendre agréable les charmes naïfs de la ſimple amitié, & je me trouverai heureuſe d'y réuſſir.

Céline en nous partageant ſa tendreſſe répandra dans nos entretiens la gaieté qui pourroit y manquer : que nous reſteroit-il à deſirer ?

Vous craignez en vain que la
ſolitude

solitude n'altere ma santé. Croyez-moi, Déterville, elle ne devient jamais dangereuse que par l'oisiveté. Toujours occupée, je sçaurai me faire des plaisirs nouveaux de tout ce que l'habitude rend insipide.

Sans approfondir les secrets de la nature, le simple examen de ses merveilles n'est-il pas suffisant pour varier & renouveller sans cesse des occupations toujours agréables ? La vie suffit-elle pour acquérir une connoissance légere, mais intéressante de l'univers, de ce qui m'environne, de ma propre existence ?

Le plaisir d'être, ce plaisir oublié, ignoré même de tant d'aveugles humains ; cette pensée si

douce,

douce, ce bonheur si pur, *je suis,
je vis, j'existe,* pourroit seul rendre
heureux, si l'on s'en souvenoit, si
l'on en jouissoit, si l'on en con-
noissoit le prix.

Venez, Déterville, venez apprendre de moi à économiser les
ressources de notre ame, & les
bienfaits de la nature. Renoncez
aux sentimens tumultueux destru-
cteurs imperceptibles de notre
être ; venez apprendre à connoître les plaisirs innocens & durables, venez en jouir avec moi,
vous trouverez dans mon cœur,
dans mon amitié, dans mes sentimens tout ce qui peut vous dédommager de l'amour.

F I N.

Ff

www.ingramcontent.com/pod-product-compliance
Lightning Source LLC
Chambersburg PA
CBHW050145030726
47505CB00005B/1241